# 城主とずぶ濡れのシンデレラ

ケイトリン・クルーズ 作

岬　一花 訳



ハーレクイン・ロマンス

東京・ロンドン・トロント・パリ・ニューヨーク・アムステルダム
ハンブルク・ストックホルム・ミラノ・シドニー・マドリッド・ワルシャワ
ブダペスト・リオデジャネイロ・ルクセンブルク・フリブール・ムンバイ

*CARRYING A SICILIAN SECRET*

*by Caitlin Crews*



*Published by Harlequin Japan,*
*a Division of K.K. HarperCollins Japan, 2025*

**ケイトリン・クルーズ**

ニューヨークシティ近郊で育つ。12 歳のときに読んだ、海賊が主人公の物語がきっかけでロマンス小説に傾倒しはじめた。10 代で初めて訪れたロンドンにたちまち恋をし、その後は世界各地を旅して回った。プラハやアテネ、ローマ、ハワイなど、エキゾチックな地を舞台に描きたいと語る。

## 主要登場人物

**ディオニ・アドリアナキス**……元ホテル勤務。
**ジョリー・アドリアナキス**……ディオニの友人。
**アポストリス・アドリアナキス**……ディオニの兄。ジョリーの夫。
**アルセウ・ヴァッカロ**……アポストリスの友人。実業家。
**マルチェラ・マリア・ヴァッカロ**……アルセウの母親。
**ジュゼッペ・ヴァッカロ**……アルセウの父親。故人。
**コンチェッタ**……ヴァッカロ家の家政婦。

# 1

ディオニ・アドリアナキスはニューヨークがまったく好きではなかった。このままではギリシアとは異なる文化を認めることなく死んでいきそうだ。どこを見ても人とコンクリートだらけの街は驚くほど汚く臭かった。

なによりここは子供時代と最近の数年間を過ごした、故郷である温暖で美しいギリシアの島ではなかった。また通っていたアルプスの高地にある、すてきな花嫁学校《フィニシング・スクール》でもなかった。そこには平和な景色が四方に広がり、ディオニみたいに社交界デビューの予定のない生徒たちもたくさんいた。

しかしニューヨークを愛する人は多い。それはこの街の特徴の一つであり、だからディオニも長年憧れていた。そして事前になにも調べず兄のアポストリスにニューヨークで暮らしたいと告げ、許可をもらうとすぐさま出発した。

自業自得よね。自宅のあるウエストヴィレッジの通りを曲がりながら、彼女は思った。

より正確に言うなら、ウエストヴィレッジに兄が所有する不動産の一つ、ブラウンストーン造りのすてきなタウンハウスにはなんの不満もない。必要なものはすべてそろっていて掃除も行き届き、専用の庭までついているなんて、ニューヨークでは破格の贅沢《ぜいたく》だ。

ときどきディオニはその庭に腰を下ろし、街の喧《けん》噪《そう》が聞こえなくなるのを待った。しかし目を開けると、見えるのは空ではなく高層ビルばかりで星は見えず、彼女はやっぱり一人ぼっちだった。

いつかは出産するのだから、陣痛を心配しすぎないほうがいい。そう自分に言い聞かせて、ディオニはふたたび通りを歩きはじめた。おなかが大きくなればなるほど楽しい気分は目減りした。出産予定日まであと三カ月もあるのに、人がひしめき合うニューヨークの街をさまよっている体が自分のものとは思えなかった。

ここに来てよかったのは、この数カ月間断続的に襲われるくるおしい食欲を簡単に満たせることだった。自分で買いに行かなければならないのは問題だったけれど。昔のディオニなら喜んで出かけていたに違いない。しかし今は億劫《おっくう》だった。

兄には、完全に自立したいから使用人はいらないと言ってあった。兄が妹のためになにをしたがるか、ディオニはよくわかっていた。

もちろん、タウンハウスには兄に忠誠を誓った使用人たちが雇われていた。つまり、彼らは兄になんでも報告してしまうはずだ。

ディオニはこれからどうすればいいのか途方にくれていた。それでも自分になにがあったか兄に打ち明ける前に、少なくとも人生設計をある程度立てておきたかった。愛情深いが過保護な兄を責めようとは思わなかった。ただそういう人なのだ。ずっと彼女にとって英雄だった兄には、主導権を握りたがる傾向があった。

ディオニが少女だったころはそれでよかった。今は自力でなんとかすると固く決心していた。

なんとかできるのなら、だけれど。

大好きな兄にいつ、誰を相手に、どのように妊娠したのか、どうやって伝えればいいの？　答えはまだ見つかっていない。

すでによたよたとしか歩けなかったものの、今日は通りを曲がったところにある近所のパン屋へお気に入りのケーキを買いに出かけてきた。ニューヨークを特別な街だと思うのはこういうときだ。欲しいものがあれば、すぐに手に入る。それが慣れ親しんできた美しい自然の代わりになるかどうかはわからないけれど、便利ではあった。

ディオニは歩みを進めながら前方へ目を向けた。住んでいるブラウンストーン造りのタウンハウスの階段の前に、誰かいるようだ。ニューヨークにはあまりにもたくさんの人がいるので、通りを歩くたび、今日こそ知り合いにでくわすのではないかと思ってしまう。

とはいえ、ウエストヴィレッジの緑豊かな通りにいる見知らぬ他人を見て、ある男性を思い出す必要はなかった。

ディオニは寝ても覚めてもアルセウ・ヴァッカロのことばかり考えるという呪いにかかっていた。

彼女は相変わらずよたよたと自宅へ帰りながら、またアルセウに思いを馳《は》せた。彼のことは知り合ってからずっと見てきた。経営するホテルにやってくるセレブを父親が追いかけている間、ディオニは十歳上のアポストリスに育てられた。アルセウはその兄の大学時代からの親友だった。

シチリア島出身のアルセウはいつも陰鬱な口調で話すが、その目には生まれ育った土地への深い愛情が表れていた。そんな彼を、ディオニはずっと尊敬していた。そうせずにはいられなかったのだ。アルセウはおとぎばなしに出てきてもおかしくない丘の上に立つ城で育った。木々が鬱蒼《うつそう》と茂るそこからは、ほかの丘や島や海を見渡せた。

何年か前、ディオニはインターネットでアルセウの城を調べてみた。ドローンを飛ばせばプライバシーを無視してなんでも好きな場所がのぞき見できる時代なのだ。

ニューヨークで何カ月も過ごす間、ディオニは自らに問いかけていた。私は長年、アルセウに思いを寄せていたの？　正直に言うなら、片思いをしていたの？

答えはイエスだった。

けれど問題があった。アルセウがディオニを女性として見ているとはとても思えなかったことだ。

もちろん、親友のアポストリスに妹がいるくらいは知っているだろう。だが、それはアドリアナキス家がホテル・アンドロメダと切っても切れない関係にあるのを知っているのと変わらない。もとは大邸宅だったそのホテルは、ギリシアの人々とそこを訪れた著名人たちによって伝説が息づく場所だと考えられていた。

だからはっきり言って、ホテルのほうがアルセウの記憶には残っているはずだ。

それでも、ディオニは自分を卑下したりしなかった。彼女は自分が有名な家族の中でどういう位置を占めているのか、正確に把握していた。故人である父親のスピロス・アドリアナキスは実際よりも自分を大きく見せたがる人で、ギリシア流のもてなしの第一人者だと自認していた。兄のアポストリスは父親の魅力を受け継いでいても、寂しい思いをしている妹を含めた他人のことを考えられる人だったし、亡くなった母親は気品のある美しい女性だった。今でも人々はなにかにつけて母親のまばゆい魅力に感動したことをディオニに話したがった。

父親が生きていたころからずっとそうだった。

そういうとき彼らはディオニが母親の顔を知らず、彼女を出産して命を落としたのを忘れているようだった。父親が決して忘れてほしくなかったのだろう、とディオニは考えていた。

妊娠六カ月になった今、出産で命を落とすなんて考えたくなかった。

とはいえ自らの運命については、毎日考えずにいられなかった。

アルセウがディオニの内面まで見ようとしていた

とは思えなかった。だいたい、親友の妹を頭に思い浮かべたことがあるかどうかも怪しい。彼女を見た人は驚くのが常だった。美しかった母親や、派手好きで逸話には事欠かない父親、そして長い間ヨーロッパでもっとも魅力的な独身男性の一人とみなされてきた兄と血縁関係にあるのが不思議でたまらないらしい。家族はとても洗練されていて、誰よりも魅力的だった。服も髪も場にふさわしく整っていた。

　家族とは対照的に、ディオニは服や髪を場にふさわしく整えられたためしがなかった。通っていたフィニシング・スクールの校長はディオニの服のほつれも、乱れた髪も、息もできないほど湿度の高い場所で転げまわったように見える姿もなんとかしてみせると宣言し、必死に改善しようとした。

〝あなたは私の長年にわたる教育者人生の中で唯一の失敗作です〟卒業式の日、校長は首を振りながら言ったものだ。〝自分でも信じられません〟

　それから彼女はディオニが着ていたドレスを整えようとして失敗した。それはまさに無駄な骨折りとしか言えない作業だった。

　アポストリスの非の打ちどころのない魅力をもう少し自然に野性的にしたアルセウが、髪もきちんとしていられない子豚みたいな私に目をとめるわけがない。仮にそんな奇跡が起こったとしても、積極的にではないだろう。

　私がそんな人に恋心を抱くわけがない。星のほうが近いと感じるほど、私とはなにもかもがかけ離れている男性なのに。

　なのに……。

　アルセウは私の心をとらえてしまった。知り合った瞬間からそうだった。

　そして、光に引きよせられる蛾《が》のようにアルセウに惹《ひ》かれていた。

　しかし、それ以上のことはなにもなかった。

自分がどういう人間がよくわかっている兄は必要ならいくらでも魅力的になれたけれど、アルセウにも同じことができるとは思わなかった。彼はつねに険しい表情をした、気むずかしく他人をよせつけない男性だったから、ディオニは危険だと判断して逃げ出してもおかしくなかった。ところが、彼女はアルセウのなにかに夢中だった。

彼のそばにいるとき、感じるのは心地よい穏やかさだ。

だから、アルセウへの気持ちを恋心とは思わなかった。

ではなんなのか表現したくても、親友のジョリーなら思いつきそうな美しい言葉も考えつかなかった。親友はいつも優雅だったうえ、なんでもよく知っていた。だからディオニの父親スピロスは、フィニシング・スクールを出たばかりの彼女とすぐに結婚したのだ。おまけに父親が亡くなったあと、遺言に書かれていたからといって兄までもがジョリーと結婚したのも、彼女が魅力的な女性だったのが理由に違いなかった。

望んでいなかったなら、兄は結婚しなかっただろうから。

このごろはジョリーのことをあまり考えたくなかった。なぜならディオニは親友に一夜限りとはいえアルセウとの思いがけない関係や、妊娠について打ち明けていなかったからだ。打ち明けるなんて危なすぎてできなかった。兄と結婚しているジョリーは、たった一人しかいない夫の妹が妊娠したと聞いたら、報告しなければならないと考えるに決まっている。相手はアルセウだとも。

そうなったら、私は答えたくない質問を山ほどされるだろう。問題ばかり起こしていた父親を見て育ったから、そんな面倒事は避けたい。

いちばん恐ろしいのは、妊娠を知った兄に軽蔑されることだから。

ディオニは通りを歩きながら、ニューヨークで暮らすと決めたのは自分だったのを思い出した。この通りはニューヨークにしては静かだった。いつもは誰もいないのに、タウンハウスの前に立つ人物にまた目をやると全身が震えた。

アルセウがこのニューヨークへやってきたという可能性はある？

けれど、彼女は分別を働かせた。いいえ、彼がやってくるわけはない。

あの日、アルセウははっきりと言った。二人が一線を越えたのは彼が自制心を失った結果、許されない判断ミスをしたせいであり、すべては哀れみからしたことだったと。

最初のうちは、その言葉に耐えるのも大変だったものだ。

ディオニはなにを言われても傷つかない人間ではなかった。ただ感情を胸に秘めておく方法を学んでいただけだった。というのも、父親には感情を爆発させずにいられない問題が多すぎたからだ。それでも、彼女は思いをぶつけようとしたことはなかった。父親の言葉を右から左に受け流すほうがはるかに楽だった。兄もずっと、父親の存在は無視したほうがいいと言ってくれていた。だからそうした。

けれど、アルセウの言った〝哀れみ〟という言葉には耐えられなかった。

その単語が心に刻みつけられたとき、ディオニはひどくうろたえた。そのときの彼女はまだ服を着たままだった。ヘアクリップやヘアゴムのはずれた髪は、至福を味わった証拠だというように肩をおおっていた。

ニューヨークでの最初の数カ月、ディオニは必死にがんばって優雅で洗練された生活を送ろうとした。けれど、彼女の努力に気づいている人はまわりに一人もいなかった。

昨夜マグカップの紅茶を不器用にも自分の膝にぶちまけてしまったときは、まだがんばれると思っていた。幸い、紅茶は冷めていた。けれどずっとおしゃれに気を配っていると思っていたのに、今日、パン屋の窓ガラスに映った姿は違っていた。現実の自分ときたら髪はぼさぼさで、おなかはせり出し、ジーンズの裾が地面をこすっていた。

つまりいつもの、人がぎょっとする身なりをしていたのだ。

そして、はっきり言って自分らしかった。

ディオニは送るつもりのないジョリー宛のメールに次のように書いた。〝人って動揺すると顔色が悪くなるものよね? でも、私は自分がすごくきちんとした人間になるのが恐ろしいの。一日じゅう服を裏返しに着ているほうが私らしいと思うからよ〟

メールの文章がおかしくて、彼女は笑った。

ブラウンストーン造りのタウンハウスが近くなっても、静かに立ちつくしてあたりを警戒している見知らぬ人物が、忘れようと懸命に努力している男性にしか見えず、さらなる衝撃を受けた。

あの日は嵐だった。

緊張した、気まずい一日だった。兄のアポストリスとジョリーは自分たちの結婚式だというのに、どちらも喜んでいるふりさえしようとしていなかった。

そのためディオニは、みんなのぶんまで結婚式を楽しむのが自分の役目だと心得た。彼女とアルセウだけが式の出席者であり法的な証人でもあったから、役目を一生懸命に果たそうとしていた。

そこでケーキや何種類ものソフトドリンクを含めた豪勢な朝食を用意してもらった。結婚式には興味がなさそうなアルセウにも協力を求めた。

つまりディオニは、自分がアルセウの隣に座れば、あたかも二人が協力して立てた計画だというように見せかけられるのではと考えたのだ。ところがいくら楽しい場にしようと努力を続けても、彼女以外の三人はそれぞれの理由からにこりともしてくれなかった。

兄とジョリーが乾杯の前に互いを非難しはじめたときも、ディオニは部屋に残って問題を解決するつもりだった。というのも、その場で新郎新婦の両方を愛しているのは彼女一人だったからだ。

なのに兄と親友が顔を近づけ合い、悪意に満ちた笑みを浮かべながら次から次へと言葉で攻撃をしている間に、ディオニはアルセウによって部屋から連れ出された。

今振り返ってみても、あのシチリア富豪がどうしてそんなことをしたのかはわからない。

とにかくすべてが流れるようになめらかに進んだ。アポストリスとジョリーがまるで結婚とはデスマッチであるというような口調で言い合いをしている隙に、ディオニはさっと肘をつかまれ、いつの間にか部屋から連れ出されていた。

そして気づくと、宿泊客用に準備されていた応接室の一つにいた。ホテル・アンドロメダでは宿泊客が絶えることはない。けれどその日の宿泊客は別の島に冒険に出かけて帰れなくなっていた。そういうわけで結婚式をこっそり執り行ったのだ。

その日、ホテルは嵐の直撃を受けていた。風は吹き荒れ、雨は横殴りに窓をたたいていて、ディオニはアルセウと部屋に二人きりでいることを意識するどころではなかった。

ホテルには今、ほとんど誰もいないということも頭にはなかった。

〝兄とジョリーは大丈夫なのかしら?〟窓際に移動しながら、ディオニはぼそりとつぶやいた。

〝問題ないはずだ〟無愛想に答えたアルセウは、崖もその向こうに広がる嵐の海も見つめていなかった。

彼はリカーキャビネットへ歩いていって、自分のために飲み物を作りはじめた。〝法的な手続きは気持ちといったはっきりしないものよりも、二人の人間の間に強い結びつきをもたらす〟

〝私は、あの二人がちゃんとした新婚初夜を迎えられるのかどうかを心配してるの〟ディオニは言った。そして窓からアルセウのほうへ向き直り、彼が飲み物を作っているのを見て顔をしかめた。〝さっきの言葉数は、あなたが話すのを聞いた中でいちばん多かったわ。あなたが私に話しかけた中でも〟

彼女は考えるよりも先に口を動かしていた。

アルセウが振り向き、ディオニを見つめた。そのとき、彼女は興奮で背筋がぞくぞくするという表現の意味を理解した。彼はとても無愛想で、無口で、恐ろしげな男性だった。だから、私はこれまで出会ってきた男性たちにまったく興味がなかったのかもしれない。心の中に彼らとは正反対のこの人がいたから。

ディオニにとってアルセウは山と同じくらい大きく揺るがない存在だった。彼女を見ても眉をひそめたりしないところもそっくりだ。

ディオニは、彼女が何者なのか知らない人に会うことがめったになかった。人々はディオニに興味津々だった。ただし、そういう相手が本当に興味があるのは父親かホテルか兄だった。あるいは亡き母親の話を彼女に聞かせたいか。

だがアルセウは、高い山にのぼろうとする愚かな人間を見るような目しかディオニに向けなかった。

そのまなざしは彼女の心の奥底にあるなにかを揺さぶった。そもそも人が山にのぼりたいのは、山がそこにあるからでは？

背後にある窓の外で嵐が猛威をふるう中、ディオニは確信していた。私は強く勇敢なのだと。

アルセウの前に立っているのは、無謀にも彼に求められたいと望んでいるためだ。衝動的としか言えなかった。一歩間違えれば、私は破滅しかねない。

彼の視線はまだディオニの全身にそそがれている。アルセウは信じられないほどすてきな男性だった。その魅力を表現する適切な言葉は存在しないとさえ思えた。伸びるのに耐えられないというように黒髪は短く切りそろえられている。まっすぐな鼻筋も官能的だがつねに引き結ばれている唇も、大理石の彫像を連想させる厳しい顔立ちを強調していた。瞳の色は黒で、めったにしゃべらない代わりに眉は感情豊かによく動いた。

ディオニは目の前にいるアルセウを雷みたいだと思った。そしてどんな犠牲を払ってもいいから、彼の笑顔を見たくなった。

笑ったアルセウなんて想像もできなかったけれど。

〝ディオニ、君は僕にどんな言葉をかけてほしいんだ？〟彼が尋ねた。それはなめらかな口調だったが、間違いなく挑発であり、脅迫だった。

彼女はそのどちらにも気づいていなかった。

気づいていたのはそのときの自分がアルセウに向かって歩くのをとめられなかったことと、近づきすぎたのに立ちどまれなかったことだった。彼の目が芝居がかった仕草で見開かれ、眉が弧を描いた。

その反応はディオニが魅力的だったからではなかった。父親はよく娘を〝私の宝石〟と呼んだが、宝石とは他人を輝かせるためにあるものだ。石は石でしかない。

ディオニは一度も自分を美しいと思ったことがなかった。彼女は母親の命を奪って生まれてきた娘だった。誰もがその言葉を使うのを避けているのは知っていた。不快になるだけだからだ。それでも事実は変わらなかった。

もし私が生まれていなければ、母親はまだ生きていたはずだ。

息をすることさえ申し訳ないと小さくなっていてもしかたない現実には、幼いころからはっきりと気づいていた。それでも意識していないと頭からすぐ抜け落ちてしまったし、ディオニは母親の顔を見た記憶さえなかった。だから、母親がどんな人であったかは想像するしかなかった。

想像の中のディオニは罪人ではなかった。母親は命を落とすことなく、娘を深く愛していた。

とはいっても母親を知る人々の中には自分を許せない人がいるかもしれないので、ディオニは早くから美しかった母親のまねをするのはやめていた。理由はおそらく、そんなことをしようとしても無理だと、子供ながらにわかっていたためなのかもしれない。

それに父親もディオニに、おまえにはとうてい無理だと何度も思い知らせた。

残された選択肢として、ディオニは他人のあまりにも低い期待に応えて生きていくしかなかった。あるいは彼女はこう考えるほうが好きだったのだけれど、批判的な目は気にせずに自分らしくいるしかなかった。

その結果大人になってからも、ディオニはしばしば人目を気にしない行動をする人間に見られた。そして今も、騒々しい街の比較的静かな通りにいながら、なにをしても失うものはないはずと考えていた。

半年前も同じことを考えた。だから顎を上げ、登頂不可能な険しい山のようなアルセウを見つめてほほえんだのだ。

〝知ってる?〟ディオニは口を開いた。〝私、今まで一度もキスをした経験がないの〟

〝どうしてそれを適切な話題だと思ったのかわからないな〟アルセウの口調は冷ややかだった。〝よりにもよってこの僕を相手に〟

〝でも、いつか私も兄みたいに結婚することになったらどうすればいいの？　どうやって学べばいいと思う？〟

〝学ぶとはなにをだ？〟問いかけるアルセウの顔は苦虫を噛《か》みつぶしたようだった。

〝なんでもよ〟彼女は軽い調子で答えた。〝さっきも言ったけど、私、今まで一度もキスをした経験がないの〟

アルセウの目には見たこともない熱い光が輝いていて、ディオニは心からうっとりした。だが、彼はそれ以上近づいてこなかった。立っている場所から一歩も動いていなかった。

なのに彼女は、アルセウという男性が視界いっぱいに広がったような錯覚に陥っていた。

〝君に理解しておいてもらいたいことがある〟アルセウがきっぱりと言った。〝僕は君にキスをする気がない〟

しかし、ディオニの体はいっきに熱をおびた。

それは真実だった。その夜、彼はディオニにキスをしなかった。

ときどき彼女は思うことがあった。キスをしなかったのがあの夜の最大の後悔だったと。

アルセウがディオニにしたのはキス以外のこと――キスよりもはるかに人生が破滅してしまうことだった。

それでもニューヨークの部屋で目を覚まし、遠くでサイレンが鳴り響くのを聞いていると、望んでいたように彼にキスをされていたらどうだっただろうと思うことはあった。

とてもすてきだったはず、という気持ちは今でも変わらなかった。舗装された通りを小走りに進みながら、ディオニはこの広くてコンクリートばかりの街に住みたいと兄に言わなければよかったと後悔した。

足はどんどん人物に迫っていた。アルセウに似ているけれど、そんなはずはない。ありえない。相手まであと数歩のところで、ディオニは真実を認めざるをえなくなった。

男性は単に似ていただけではなかった。本物のアルセウだったのだ。

ぴたりと足をとめたディオニは、ここがもっとにぎやかな通りだったらよかったのにと思った。それなら通行人に助けを求めたり、タクシーを呼んだりできたのに。

しかし、ここには二人しかいなかった。

アルセウはいつものように完璧だった。その非の打ちどころのない体は、すばらしい仕立てのスーツを着るためにあるみたいだ。肩幅は広く、腰は引きしまっていて、細身とはいえ体全体に力がみなぎっている。

だが今日のアルセウは、黒い瞳に怒りの炎らしきものをたたえていた。

「アルセウ」彼の名前を口にするまで自分が緊張し、息が苦しくなっているのに、ディオニは気づいてもいなかった。「びっくりしたわ、哀れみをかけた相手を追いかけてニューヨークまで来るなんて。長旅だったでしょう？」

アルセウが黙ってくれというように手を振った。その仕草にも、彼にあるはずのない怒りがこもっていた。アルセウらしくもない。人間とは思えないほどつねに超然としている男性なのに。

「ディオニ」そのひと言ひと言が、彼女には氷の拳に思えた。「説明してもらおうか。今すぐ」

# 2

　アルセウ・ヴァッカロがこれほど冷静でいられなくなったのは、あのとき以来——ただ一人の親友である男の妹と最後に会って以来だった。そのとき、彼の心の中ではなにかがうなり声をあげていた。

　それは問題であり、あってはならないことだ。どんな反応もしてはならないのだ。だから、アルセウは腹立たしい芝居を続けていた両親を思い出して自戒した。彼は人生を通して、自分は両親や呪われた一族の誰とも同じではないと確認していた。

　金に汚く強欲だった亡き父親とも、言うことなすこと気取っている母親とも、全員悲惨な最期を遂げた叔父たちとも、シチリアでは伝説となっている祖父母ともかけらも似ていないと。その土地で、アルセウの一族は組織間の抗争と悪行で知られていた。

　誰もが卑劣だった。母親は今でもそうだ。アルセウはそんな人々とかかわりたくなかった。

　だからずっと前に、ヴァッカロ家を自分の代で終わらせると決意していた。

　どこかの哀れな女性を妻にして苦しめるつもりも、自分の血を引いた子供をつくるつもりもなかった。アルセウは修復できるものは修復し、修復できないものには償いをしてきた。彼が死ねば、そのときにヴァッカロ家の病んだ遺伝子は永久に忘れ去られる予定だった。

　〝そこまで悲観しなくても〟と親友のアポストリスはよく言った。

　だが、アルセウ自身は悲観的と思ったことが一度もなかった。〝僕は解放だと思っているんだ〟彼はいつもそう応えた。〝ほかの人々にとってのね〟

アルセウがアポストリスとパリにいたときのことだ。友人は、妹がニューヨークへ引っ越したと語った。なぜかはわからないが、いきなりそうしたいと言い出したのだと。

それを聞いて、アルセウはいやな予感がした。

アポストリスの結婚式や、そのあとにあった出来事を覚えていないふりをしたかった。しかし、実際は細部まではっきりとよく覚えていた。そして、ディオニについてあまりにも多くのことを知った。その中には、自分に触れられたときの彼女の反応以外も含まれていた。

たとえば、ディオニだけがほかの女性には誰もできなかった情熱の炎をアルセウの中に灯《とも》しつづけていることとか。これまでつき合ってきた女性たちはみな彼にとって小さなマッチにすぎず、情熱の炎を灯したとしてもすぐに消えてしまうのが常だった。しかし、それはアルセウが背負うべき十字架のせいもあった。

ディオニについて、アルセウは確かな事実を知っていた。彼女はホテル・アンドロメダがあるあの島を離れる気がまったくなかった。遺言によって強制されたアポストリスの結婚式の準備では気まずい思いをすることもあったが、それを除けば島での暮らしをどれだけ愛しているか、ディオニは際限なく語りつづけた。おかげで彼はすべての村、ビーチ、そしてかなりの数の食堂《タベルナ》についてディオニがどう思っているかを知っていた。

そんな女性が島を出ていく理由は一つしか思いつかなかった。

きっと僕との間にあった出来事が関係しているに違いない。

心の中で厳しい声が響いた。いや、もっと関係がありそうなのは、そのあとに起こった出来事――僕がディオニを傷つけたことだ。

だが必要と思ったからしたまでだ、とアルセウは自分を納得させた。

ディオニがつきまとわないようにと考えて残酷な言葉をぶつけたせいで、彼女が大丈夫かどうか確かめに行くわけにはいかなかった。歓迎されるはずがないからだ。ディオニに会いたいという衝動がどこからわいてくるのかさえ、彼にはよくわからなかった。彼女のすべてが気にさわるのはなぜなのか、見当もつかなかった。

そこでアルセウは、彼のような立場の男なら誰でもする行動をとった。部下にディオニの居場所を突きとめさせて尾行させ、必要な情報を集めたのだ。だが、どんな目的があるのかは部下に話さなかった。彼はただ、ディオニが大丈夫なのかどうか確かめたかった。

どう考えても説明のつかない衝動だった。

一族の悪趣味ぶりがよく表れた城の塔に一人でいたとき、アルセウはディオニの写真を見た。

明らかに彼女だった。

写真を全部見るまでは信じられなかった。

いや、見ても信じられなかった。

今、アルセウは通りを歩いてくるディオニを見ていた。角を曲がってきた瞬間、彼女だとわかった。違う女性だと、ディオニとは似ても似つかないと思いこもうとしてもうまくはいかなかった。

何カ月も自分を悩ませてきた、ギリシア神話に出てくる絶世の美女トロイアのヘレネに匹敵する美しい女性ではないと。

アルセウはディオニがすぐ前まで来ても、目に映るものを真実とは受け入れられなかった。

なぜなら、彼女が妊娠していたからだ。

妊娠六カ月あたりだろうか、と彼は推測した。

だが、推測する必要はなかった。アルセウにはわかっていたからだ。

ディオニもまたアルセウだとはわかっていないかのように目を凝らしていた。そんな彼女のすべてがいらだたしかった。

ディオニはどこにでもいる人みたいな格好をしていた。

普段着らしいジーンズとキツネのイラストが描かれたTシャツは、どちらもディオニの大きなおなかをおおいきれず、歩くたびに肌がちらちらのぞいた。カジュアルな服装が気になるわけではない。しかし、彼女はディオニ・アドリアナキスなのだ。こんなふうに道を歩いていてでくわすべき女性ではない。警備はどうなっているんだ？　自分が二つの家の財産の相続人を宿していると、彼女はわかっているのか？

もちろん、いつものディオニらしいところもあった。黒髪はヘアクリップでまとめられていたが、決してきちんとはしていなかった。髪があちこちからほつれ出ているものの、相変わらず彼女はまったく気づいていないようだ。吸いこまれそうな澄んだ茶色の瞳は、アルセウの好みからすると少し陽気すぎた。

妊娠していてもディオニは魅力的で、彼はそれもいやだった。

彼女が熟した甘い果実みたいだったからだ。

そして、なんとかキスをせずにいた唇がすぐそばにあった。あまりにも近すぎた。

ディオニはなにかとんでもないことを言われたというようにアルセウを見ている。

「説明するってなにを？」彼女が尋ねた。

アルセウには言いたいことがたくさんあった。アポストリスの結婚式の日にあったことの説明もしてほしかった。彼自身はまだ理解できていなかった。なぜディオニはあの日、嵐と同じような存在だったのか？

居間に行ってからも悪いことは続いた。友人の最低の瞬間を祝福するために取り出したウイスキーよりも、ディオニのほうがはるかに刺激的だった。よりにもよって彼女とキスの話をするとは。

どういうことなのか、アルセウはディオニに尋ねたかった。自分ではどうにもできない事態に振りまわされたくなくて部屋を出たら、間違ったドアを開けてしまい、雨に濡《ぬ》れたテラスに出た理由はなんだったのか？

彼女があとからついてきていても、彼はどういうわけか驚かなかった。

さらに、そのあと二人は外に締め出されてしまったのに気づいた。

〝スタッフは全員、ホテルにはいないの〟テラスでディオニが陽気に言った。その口調には今、思い返しても腹がたった。〝だからって、結婚式の日に兄のじゃまをするつもりはないわ。待っていれば誰かがドアを開けに来るんじゃないかしら〟

もう一つ、アルセウにはディオニに説明してもらいたいことがあった。暴風雨の中で座っていたと思ったのに、ラキという強い地酒を一緒に飲んで浅はかにも踊るはめになったのはどういう経緯があったせいなのか？

まったく、どうしてこんなことになったのだろう？

「君は妊娠している」ニューヨークの静かな通りでアルセウは口を開いた。声にはかすかな非難がこもっていた。

ディオニがまばたきし、それから下を向いた。そして空いているほうの手でふくらんだおなかを撫《な》でた。「よくわかったわね」

「僕の計算では六カ月といったところかな」口調がきつくなった。「いったいいつ、僕と君の間に子供ができたと言うつもりだった？」

ディオニはしばらくおなかに目をやったままだった。顔を上げた彼女のまなざしに反発に近い感情がにじんでいて、アルセウは驚いた。「言うつもりはなかったわ」

「妊娠を隠すつもりだったのか？」彼は信じられなかった。「ディオニ、君は僕をからかっているのかい？」

「どうしてあなたに言わなくちゃいけないの？」とんでもないことを聞いたというように、彼女の顔に心底驚いた表情が浮かんだ。「あなたはあの日の出来事に愕然《がくぜん》とするあまり、もう私とはかかわりたくないとはっきり言ったじゃないの。私にやさしくしたのを恥じているって――」首を振って言葉を切る。「だから、話しても無駄だと思ったわ。私はあなたの言葉を思い出して、それなりの行動をとったのよ」

　アルセウはいつもかっとなりやすい性格を抑えている自分を誇りにしていたが、今日は大学時代と同じくらい激怒していた。「君はこれを〝それなりの行動〟だと言うのか？　一人で海を越えて、こんな街に来ることを？　愚かで世間知らずな女性がニューヨークのような場所にいたら、どんな目にあうか知っているのか？」

　ディオニは長い間アルセウを見つめていた。その目が彼はまったく気に入らなかった。彼女の視線にさらされていると、胸が締めつけられた。

「愚かで世間知らずな女性はどこにでもいるわ」ディオニの声はとても静かだったものの、彼の胸の苦しみは少しも楽にならなかった。「兄の結婚式も例外じゃなかったってこと。でも心配しないで、アルセウ。最近の私は愚かでも世間知らずでもないから」

「警備はどうなっている？　誰が君を守っているんだ？」

ディオニがアルセウを見つめながら顎を上げた。そのとき初めて、彼はディオニに近づいていたのに気づいた。「兄にはスパイみたいなまねはしないでと言ったの。兄は私の意思を尊重してくれたわ」

彼女のそばにいてもいいことは一つもないぞ、とアルセウは自分に言い聞かせた。ニューヨークくんだりまで来て、妊娠を知らされただけでじゅうぶんじゃないか。なぜ間違いを重ねる？

しかし、彼は一歩も引かなかった。「なぜなんだ、ディオニ？　この秘密を永遠に守れると思ったのか？」

「ニューヨークにいれば、私は何者でもなくなる。兄はここには絶対に来ない。だから――」

「アポストリスに気づかれずに赤ん坊を育てられると？」彼は信じられないという顔で言った。

アルセウはディオニの体に手を伸ばさないように注意しなければならなかった。どんなに触れたくても関係なかった。彼には分別があった。もし彼女に触れたらどうなるかは明らかだ。

「私がいつ、どのように妊娠を伝えるとしても、兄には関係ないことだわ」ディオニが落ち着いた口調で言った。その口調には先ほどの反抗的な目より腹がたった。「あなたにもね」

「なんだって？」氷のような声に、彼女が震えあがる。「僕は勘違いしているのか？　君は僕の子を身ごもっているんじゃないのか、ディオニ？　一度もキスの経験がなかった女性は、あの夜以来、たくさんの恋人ができた。そういうことなのかな？」

彼女の頬が赤くなった。恥ずべきことだが、アルセウはうれしかった。

「おなかの子の父親はあなたよ」ディオニがしぶしぶ言ってアルセウをにらんだ。「でも出生証明書に記入するとき、そのことは思い出さない。あなたからはなにも欲しくないの」彼が冷たく見つめていると、ディオニの視線がさらに鋭くなり、声も好戦的になった。「哀れみもね、アルセウ。だから、背を向けてさっさといなくなってちょうだい」

怒りが雷となって彼を打ちすえた。「そうするつもりは毛頭ない」

それから前に一度したようにディオニの腕を取り、階段を上がってブラウンストーン造りのタウンハウスへ入った。

親友の結婚式のあとで朝食をとったときも、アルセウは同じことをし、ディオニは素直に従った。だが今は彼女に触れると、男女の化学反応が起こった。なぜなのか彼には説明できなかったが、否定することはできなかった。

利用することもできなかった。

こうしてアルセウは、ロウアーマンハッタンの古きよき家の設備の整った玄関ホールにいた。彼とディオニはドアによって外界と隔てられていた。

考えてみれば、その行為は賢明とはとても言えなかった。

「どうしてこんなことをするのかわからないわ」ディオニはそう言ってアルセウの腕を振りほどき、家の奥へ進んでいった。「いきなり腕を引っぱるなんて失礼よ。あなたはすぐそういうことをする」

今までとは違う彼女の歩き方に、アルセウは魅了された。腰の動きはまるでメトロノームみたいで、以前のおずおずした感じがまったくなかった。あとを追いながらも、彼は不思議だった。自分の中にわきあがっているこれはなんだ？　今にも爆発しそうなこれは。

だがアルセウはかつて、同じものをディオニの前で爆発させた記憶があった。

応接室や書斎を通り過ぎた先はとても明るかった。ディオニは彼を、ガラスの壁で仕切られて植物がたくさん置いてあるキッチンへ案内した。その横には壁に囲まれた小さな庭があった。

状況が違えば、アルセウはこの場所を気に入ったかもしれない。

「ここには誰もいないわ」ディオニが言った。「だから、あなたが今日来たことは誰にも知られない。アルセウ、背を向けて帰っていいのよ。それで終わりになる。子供の父親があなただと誰にも教える気はないし、兄も時間がたてば受け入れてくれると思うの。みんな、今までどおりの生活を続けられるわ」

「だが、僕は知っている」

彼女がカウンターに両手をつき、さっきとは違うにらみ方をした。

「僕が責任逃れをすると、どうして君が思っているのかわからない」彼は続けた。

「それも哀れみかしら？」ディオニの声は鋭かった。「私も生まれてくる子供も、そんなものは結構よ。私たちなら大丈夫」

「哀れみの問題ではないんだ」アルセウは冷静に告げた。ディオニがその言葉をこちらに投げかけるたび、胸が締めつけられる自分に驚いていた。彼女を傷つけるためにわざと選んだ言葉だからだろうか。

「君はアドリアナキス家の一員だろう。君の子供には相続する遺産が――」

「なにもないわ」彼女がアルセウをさえぎって言った。「ホテルもほかのものも相続するのは兄とジョリーなの。私はそれで満足しているし、口出しは無用よ」

「子供はヴァッカロ家の一員でもある」アルセウは、ディオニの言葉を聞かなかったかのように続けた。「僕は、その子が莫大《ばくだい》な財産の最後の相続人になるのが心配なんだ。遺産という呪いは墓場まで持っていくつもりだったから」

彼女が目を細くした。「申し訳ないんだけど、なにが言いたいの？　私があなたをだますつもりだったとか？　それとも、バージンだった私のほうが避妊を考えるべきだったとか？」

　アルセウはディオニにどなられると思った。そして、彼の心の一部はそうなればいいと望んでいた。なぜならその行動は証拠になるからだ。あの日の彼女は我を忘れていて、テラスでの出来事にけじめをつけた自分は完璧に正しく、責められることはなにもないという証拠に。

　しかし、ディオニはどなる代わりに笑い出した。

　笑い声はいつまでも続いた。

　アルセウは気分を害し、困惑した。それから、なにかに引っかかれたような感じを覚えた。これまで僕は人に笑われたことがあっただろうか？

　いや、女性からこんなふうに笑われた記憶はない。母親のマルチェラは甲高い笑い声を武器として使うが、これはそれとも違う。

　ディオニは本当におもしろいと思っているらしい。

　笑いすぎて涙がこぼれると、彼女が無造作にＴシャツの襟元で目をふいた。まるで自分の服をティッシュ代わりに使うのは、世界でいちばん自然な選択というようだ。

　解読できれば宇宙の秘密でもわかるという顔で、アルセウはディオニのＴシャツの襟元についた涙のしみを見つめた。

　そのとき、彼女が茶色の紙袋を引きよせた。

　袋から小さな箱を取り出してカウンターの上に置くディオニを、彼は困惑としか言いようのない顔で眺めた。彼女は厚紙の蓋を開け、袋からプラスチックのフォークを取り出して中身を頬張りはじめた。

　食べているのはケーキだった。緑色とピンクのアイシングの上になにかで装飾が施されている。

　最初のひと口を食べたあと、ディオニが目を閉じて味わい、低くうめいた。同じ声をアルセウは前に嵐のテラスで聞いたことがあった。体もそうだと訴えていた。

ディオニがもうひと口食べて、また同じ声をあげる。

しかし、彼女はアルセウを見ていなかった。彼の存在などまったく無視して目を固く閉じ、プラスチックのフォークで買ってきたケーキを神々の食べ物《アンブロシア》だとでもいうように堪能していた。

アルセウには目の前の光景が理解できなかった。生まれたときから自分の立場については完璧に理解していた。ヴァッカロ家は代々裕福であったため、伝説になっている先祖たちの悪行の被害を最小限に抑えられたが、世間一般の認識までは変えられなかった。今は誰も勇気がないだろうが、少年だったころは見知らぬ人に腕をつかまれ、父親や母親や一族についてどう思っているか伝えられることがよくあった。

幼いアルセウは人々の非難がもっともだとすぐに気づいた。誰の言っている内容も真実だと。

だからこそ、自分の人生を鉄の意志で律すると決意したのだ。

アポストリスと出会うころには、ほぼその目標を達成できていた。大学を卒業するころには、思いどおりにならないことが世の中にあるとすら考えられなくなっていた。

当時から今にいたるまで弱い男だけが負けると思っていた誘惑に抵抗できなかったのは、相手がディオニのときのみだった。

この半年間、アルセウは自分に言い聞かせていた。僕が誘惑されるなどあってはならないが、彼女は魔法かなにかでも使ったのだろう。とはいえ、二度と会う機会はないはずだと。

しかし今、彼は気づいた。ディオニに関する本当の問題はこれだ。

ばかばかしいくらいに大きなケーキをひと口、またひと口と食べながら屈託なく喜ぶようす。この設備の整ったキッチンにはなんでもあるはずなのに、プラスチックのフォークを無造作に使っていること。

おまけに、ディオニは自分の身だしなみが完璧でなくても気にしていなかった。涙をふいたTシャツも着替えようと思っていないようだ。少しも洗練されているとは言えない姿だったが、アルセウは洗練されたセンスとか優雅さとかを彼女に求めていなかった。そういう概念は一般的に、他人よりもすぐれていると見られたいという気持ちの表れだからだ。

ディオニが他人よりすぐれていると見られたがっていたら、僕は驚いたに違いない。

アルセウはショックを受けていた。

だが目の前の光景に夢中でもあった。ひと口食べるごとに、ディオニは深みのある官能的な声をあげていた。ほかの女性だったら、彼を誘惑したいのかと思ったかもしれない。

ところがアルセウは、自分がひどい侮辱を受けているのではないかと疑っていた。

ディオニは、僕がここにいるのを忘れているのではないか？

そう気づいたとたん、全身に稲妻が走った気がした。

家族とその評判、そして血の中に流れている罪は決して償うことはできないと悟ったからこそ、アルセウは鉄の自制心を身につけた。

だから細部にまで気を配り、つねに完璧をめざしてきた。申し分ない礼儀作法を身につけていることや、どんな状況でも誰よりも正しいふるまいができる自身に誇りを持っていた。

ディオニはすでに一度、アルセウに間違った選択をさせていた。彼はアポストリスとの友情という人生で唯一のすばらしい関係を、その妹に触れて汚してしまった。つまり、僕はずっと恐れていた偽善者になったのだ。

　今また、同じことが起ころうとしている。ただし今回、ディオニはアルセウを見ようともしていなかったのに、彼女の魔法の力は健在だった。彼の体の反応も同じだった。

　ディオニはかつて一度しか抱いたことのない気持ちを僕に抱かせる――無力感を。

　しかしその無力感は、彼女とともに味わったとてつもない快感に包まれていた。

　アルセウはあの日の雨と風を思い出した。遠くで聞こえる波の音。テラスで衝動と闘っていた自分。鼓動と一緒に高まるものがなんだったのかは、今でもまだ完全には理解できていない。

〝音楽みたい〟ディオニが言った。彼女の目は嵐の海のほうを向いていた。

　もしかしたら音をたてたのはアルセウだったのかもしれない。蔓棚《パーゴラ》の蔓《つる》植物の下にいたにもかかわらず、二人は雨に濡れていた。

　ディオニがアルセウを見て茶色の瞳を輝かせた。

〝聞こえる？〟そして彼女は動き出し、自分にしか聞こえない音楽に合わせて踊りはじめた。ディオニが動けば動くほど、踊れば踊るほど、彼にもその音楽が聞こえてきた。

　ディオニがくるくるまわってつまずいた。まったく彼女らしい。そんなディオニを受けとめる以外、アルセウにできることはなかった。

　今でもはっきりと覚えている。きらきら輝いていたディオニの目。冷たい雨に濡れていても熱かった肌。

　もっとも皮肉な結婚式にぴったりなこの悪天候ほど楽しいものはないというような笑い声。

　こちらを見つめる目は、彼が鉄と石と贖罪《しょくざい》と悲しみでできている男ではないと思っている気がした。

そうではなく光と空気でできていると、アルセウも雨の中で思うままに踊れるのだと。

アルセウは踊りはしなかった。

彼はもっとまずい行動をとった。そのときの記憶はタトゥーのように脳裏に刻みつけられていた。今もあの日と同じ無力感に襲われているのがいやだった。

なぜ目の前の女性がこの世でただ一人、僕を支配する力を持っていなければならないのか？

なぜこの身なりにかまわないディオニだけが、努力もせずに僕の心を揺さぶる唯一の存在でなければならないのか？

僕の好みは、大理石の彫像と見間違うほど洗練された女性だ。世界屈指の花嫁学校《フィニシング・スクール》でさえ欠点を直せなかった、救いようもない女性ではない。

どうしてこんなことになったんだ？

憤慨すべき問題だ。アルセウは必死に間違いであってほしいと願った。

しかし、アルセウの中のもっとも厄介な部分がそうではないと訴えていた。

いずれにせよ、ディオニの問題に対する解決策は一つしかなかった。最初からそのことに気づいていなかったのが、彼は悔しかった。

ディオニがケーキの最後のひと口を食べてから、あっという間に平らげてしまったのが残念だというように空の箱を見つめた。そのとき、アルセウは自分にできる唯一の行動に出た。

それしかできることはなかった。

「君には僕と結婚してもらう」アルセウは奥歯を噛《か》みしめて言った。

# 3

ディオニはこの瞬間を一兆回以上は想像していた。妊娠がわかる前から、アルセウがありとあらゆる方法で彼女に許しを請う姿を想像することで心の傷とずたずたになったプライドを癒やしてきた。しかしアルセウが後悔したり、ディオニの前にひれ伏したり、芝居がかった仕草で膝をついて謝罪したりする光景を思い描いても、期待したほどの喜びは得られなかった。

なぜならディオニはずっと前に気づいていたからだ。悲しい真実だけれど自分が大好きなアルセウは誇り高く、冷ややかで、傲慢で、なにに対しても誰に対しても屈しない男性だった。

頭の中のアルセウさえ変えられないのが残念でたまらない。

それでも、ディオニは空想するのをやめられなかった。時がたち、妊娠が進むにつれて、空想の内容は変化していった。もしかしたら、私はどこかの時点で偶然アルセウと顔を合わせるかもしれない。私にはアルセウによく似た子供がいると、どういうわけか彼は知っている。でも、兄を通してではない。いくら想像の翼をはばたかせても、兄のアポストリスに妊娠をどう伝えればいいのかは見当もつかない。

思いついたパターンは無限にあったけれど、いつも結末は同じだった。最後はディオニと再会したアルセウが、自分はとんでもない愚か者だったと思い知る。彼女は打ちのめされているアルセウを哀れむ。すると彼はディオニに近づいてきて、結婚してくれと懇願する――。

とはいえ、目の前の展開は一度も想像したことがなかった。

　こんなプロポーズは間違っている。ディオニのおなかは妊娠中なので当然大きくなっていて、とても不格好だった。さらには、スポンジケーキとカスタードクリームを交互に重ねた上にホイップクリームをのせ、マジパンの装飾が施されたプリンセスケーキのかけらがあちこちについていた。けだるげに上品に見えるのではなく、ぶざまで、だらしがなく、みすぼらしかった。

　アルセウがディオニに結婚を申しこんだのは――いや、結婚してもらうと口走ったのはそんな姿のときだった。

　彼は片方の膝をつきもせず、愛の告白もしなかった。言葉には自分にいやがらせがしたくてわざと妊娠したのだろうという、ばかばかしい非難と憤りがこもっていた。だから結婚を申しこむのではなく、迫ったのだろう。

「あなたは私に結婚しろと命令しているの、アルセウ？」ディオニは静まり返った部屋で尋ねた。あたかも、そうすれば彼が自分の言葉を恥じて考え直すと思っているかのような口調だった。

　だが、アルセウは眉をひそめただけだった。「君が身ごもっているのは僕の子供なんだぞ」

「天からお告げでも受けたみたいな言い方ね。あなたにとってはそうなんでしょう」彼女は肩をすくめ、おなかからケーキのかけらを払おうとしたけれど、途中であきらめた。「でも私は半年かけて、子供には父親がいないという現実を受け入れたの。その半年間、あなたと結婚する選択肢は一度も思い浮かばなかったわ。いい考えじゃないもの」

　アルセウはずいぶん長い間、ディオニを見つめていた。

　そして言った。「それでもだ」

　ディオニはアルセウが説明してくれると思って待

っていたけれど、彼はそれきり無言だった。ただし立っているだけなのにとてつもない激情は伝わってきた。こちらを見つめる底知れぬ黒い瞳は獰猛《どうもう》としか言えない。まるでアルセウの足元に身を投げ出して感謝の涙を流さなかったディオニを責めているみたいだった。

「〝それでもだ〟は、完全な答えでも合理的な答えでもないわ」彼女は指摘した。

「カムリア、この時点で君にはどういう選択肢があると思っている？」静かに尋ねたアルセウの声は鋼鉄を思わせた。彼は全身が鋼鉄そっくりな男性だった。「最初からどうなるのかわかっていなかったからこそ、わざわざアメリカまで飛んで現実から目をそむけようとしたんじゃないか？　なぜわざわざわかっていたふりをする？」

　鼓動が激しくなり、ディオニは息が苦しくなった。予想外の反撃を受けてショックを受けたくはなかった。だからアルセウの言葉を聞いて抱いた感情は無視して、言われたことを分析した。

「あなたは前も私をカムリアと呼んだわね。私、その単語を調べてみたの」彼女はアルセウをにらみつけた。見つめ返す彼は無表情だったが、まなざしには暗い炎が宿っていた。「どうやらシチリア語で〝厄介者〟という意味らしいわね。あなたはもちろん知っているでしょうけど」

「思いあたる節でもあるのかな《イフ・ザ・シュー・フィッツ》？」アルセウがなめらかな口調で言った。

「私は靴《シュー》じゃない」ディオニは言い返した。「私は物じゃないのよ。半年前のあなたは私とかかわりたくなかった。だから今も私はそれを続けてるだけ。妊娠してるのはあなたの子だけど、赤ちゃんはあなたとは関係ないと思ってる。私は私の子供を、私が望む方法で育てるつもり。誰の助けもいらないわ」

　なによりもそうしたいはずだ、とディオニは自分に言い聞かせた。望もうと望むまいと、その未来しかないと受け入れていた。

何カ月もかけて納得した現実だった。

アルセウはたしかに赤ん坊の父親ではあるけれど、信用するわけにはいかない。

「だが、君は想像でものを言っているにすぎない。自分でもわかっているだろう」アルセウのなにかが変化していた。どういう気持ちで結婚を切り出したのかはともかく、口調にそのときの荒々しさはない。彼に感情があるのかは疑わしかったけれど。

目の前のアルセウは、ディオニがずっと知っていた彼だった。自制心に満ちた厳格な男性、自分に絶対の自信を持っている男性だ。

アルセウだけが触れたことのある体の奥深くが震え、ディオニはうろたえた。

彼の子を身ごもっていると同時にまだ激しく惹《ひ》かれているのだと気づくと、下腹部に熱が生まれて広がった。

まったく情けない。

「プロポーズなら疑問形で投げかけてほしかったわ」彼女は言った。どうしてそんなことを言ったのかは考えなかった。私はこの人を追い返すべきだった。そもそも、家の中に入れたのが間違いだったのだ。「キッチンのカウンター越しに、不機嫌に言われるのではなく」

「罪の重さに見合った罰だと思わないか？」アルセウが言い返した。

その口調に、ディオニは激怒するべきだった。しかし実際は、下腹部の熱がますます広がっただけだった。

アルセウがディオニに与える影響はウイルスに近いと言ってもよかった。彼の魅力は野火のようになんの前触れもなく迫ってきて、ディオニに自分らしくない行動をさせ、何日も震えさせた。そばにいるとなにも考えられなかった。

ディオニはアルセウを家から追い出し、今までどおり彼が自分の足元にひれ伏すさまざまな光景を想像するべきだった。突然、それらの光景のほうがずっとすてきだと思っている自分に気づいた。

彼女はケーキの箱をごみ箱に捨てた。Tシャツについたケーキのかけらを取ってシンクに捨て、十まで数える。

そしてもう一度、一から数えた。

おかげで少しは落ち着きを取り戻せた。

ふたたびアルセウのほうを向くと、彼は一歩も動いていなかった。動く必要などなかった。部屋を支配するアルセウの存在感に、ディオニは壁や窓の向こうから聞こえる街の喧噪《けんそう》ですら彼の名前を叫んでいるのではないかという錯覚に陥った。

半年前、自分の肌に触れたアルセウの手を焼き印みたいだと感じたのを思い出した。

「あなたとは会わなかったことにするわ」ディオニは言った。「だから、あなたも好きにすればいい。シチリアにあるお城へ帰って、心ゆくまでもの思いにふけるなんてどう？　あなたはそうするのが得意でしょう？」

その言葉とともに、彼女は大げさな手ぶりで部屋からアルセウを追い払おうとした。けれど、そうしたのは間違いだった。

どうやら、ディオニの格好は人を追い払うのにふさわしくなかったらしい。つまり、裾がすり切れたジーンズは踵《かかと》が引っかかるほど長かった。おまけに、彼女はとても不器用だった。

だから、ジーンズの裾を踏んでつまずいたとしても驚く必要はなかった。

アルセウがディオニの一挙手一投足を予知していたと言わんばかりに手を伸ばし、軽々と受けとめていなければ、彼女はつんのめって顔を床にぶつけていたはずだ。

彼はディオニを、羽毛よりも軽いというように抱きとめていた。

まるで私を腕の中にとらえるのは当然のなりゆき、または必然だと思っているのだろうか？

アルセウに見おろされたディオニは、彼の黒い瞳をまじまじと観察した。世界じゅうのあらゆる黒を集めたみたいなその色合いは、奇跡に等しかった。アルセウはまるで派手に予算をかけた大作映画に出演しているかのように、彼女に腕をまわしていた。ディオニには音楽が盛りあがり、観客が息をのむのが聞こえる気がした。

厳格さと不屈の精神が表れたアルセウの顔は、近くで見るとより恐ろしく見えた。ディオニはおびえるべきだったけれど、そうはならなかった。思わず手を伸ばし、目の前にある際立ったいかにも冷酷そうな造作を撫《な》でる。手はまるで自らの意思を持って動いているみたいだった。

彼女はアルセウの顔を自分の顔よりもよく知っていた。数えきれないくらい夢で見ていたからだ。

彼の厳しく引き結ばれていた官能的な唇が動いた。

唇はやわらかそうではなかった。アルセウにそういうところは存在しなかった。

彼がまたあのシチリア語をつぶやいた。「カムリア」

「気をつけて」ディオニはうわずった声で言った。「私はその言葉を恋人への呼びかけだと思ってしまいそうだから」

黒い瞳に情熱の炎が燃えあがった。ついにアルセウが顔を近づけ、彼女の唇を奪った。

二人が一つになったときのことを、ディオニは思い出した。アルセウは雨がたたきつけるテラスで、彼女の脚の間にひざまずいていた。それから腿のつけ根に舌を這《は》わせ、彼女が想像もしていなかった喜びを教えた。彼以外のすべてが頭から吹き飛び、ディオニは激しく身もだえした。完全に我を忘れていて、わかるのはアルセウの唇と舌と歯のみだった。

　悪天候から逃れるために、アルセウがテラスにあった長椅子の一つにディオニを運び、自分の体の上にのせた。しばらくして彼は軽々とディオニを持ちあげ、熱くて硬い下腹部に触れさせた。それから、ゆっくりと時間をかけて彼女の中に押し入った。

　アルセウは、ディオニがたじろぐ瞬間を正確に感じ取っていた。いちばん殴られたくないところを殴られるような痛みにも気づいているかに思えた。そのまなざしには単なる所有欲よりもずっと暗いなにかがこめられていた。アルセウの腕が腰にきつくまわされているせいで、ディオニは彼の意のままに動くしかなかった。

　二人がすっかり結ばれたとき、ディオニは完全とはどういう意味なのかを悟った。アルセウが動き方を教えてくれると、もう自分は前と同じではなくなったのを理解した。

　ディオニはアルセウの動きをあまさず感じていた。彼に押し広げられる感触も、その驚くべき熱さも味わっていた。

　許しを請うアルセウを想像していないときは、そうやって決まって彼と一つになった瞬間を思い出した。二人の体がぴったりと合わさっていたことを。

　そして輝かしい歓喜と欲望が渦を巻き、ディオニをさらった。

　その間も彼女の全身はアルセウを感じていた。正確にのぼりつめさせた彼の動きに驚嘆していた。

　雨の中で、ディオニは想像もしていなかった喜びに打ち震えた。これ以上すてきな——いいえ、悲惨なことはないと——。

　しかし、このキスはそれよりもすばらしかった。

　衝撃を受けたのも無理はない。

アルセウの唇が近づいてきてディオニの唇に重なったのだから。彼はディオニを床に近い位置でうっとりするほどロマンティックに抱きしめていた。そして彼女の唇の合わせ目を舌でなぞり、喉を鳴らしてキスを深めた。

それからディオニをかかえて自分の体に引きよせ、よりよい角度でキスができるように彼女の頭を傾けさせた。

するとキスがより深く、よりエロティックに、より荒々しくなった。

ディオニにとってアルセウにキスを返す以上の望みはなかった。

永遠にこうしていたい。一度で終わってほしくない。

アルセウは無限にあるキスの方法を一つ一つ試そうとしているようだった。おなかが彼に押しつけられているのを、ディオニは衝撃的なほどエロティックだと思った。おなかの中には二人でつくった赤ん坊がいるのに、アルセウは欲望のままにキスを続けている。ディオニもそんな彼に興奮を覚えていた。

新しい角度を試したり唇の使い方を変えたりしながら、キスは二人の呼吸が苦しくなるまで続いた。ディオニが両手でつかんでいたせいで、アルセウのスーツはしわになっていた。まとめられていた彼女の髪はヘアクリップがはずれて肩をおおっていたけれど、今回はアルセウのせいだった。

彼が手を乱れた髪の奥深くまで差し入れ、ディオニの頭をとらえて傾けさせていたのが原因だったからだ。

彼女がそれに気づいたのは、アルセウがようやく頭から手を離したときだった。ひょっとしたら息ができなくて気づくどころではなかったのかもしれない。

「酸素……」ディオニは肩で息をしながら言った。

「酸素っていいものね」

一瞬、アルセウが彼女の額に額をあてた。二人は一緒に呼吸を整えた。

一度もしたことのない空想がディオニの脳裏に広がった。今後、それに悩まされるのは確実だった。

しかし彼女が決心する前に、アルセウが額を離した。

彼がディオニの両腕をつかんだまま、初めて彼女を理解したいという目で見つめた。ディオニの唇はキスによって湿り、髪は肩に無造作に広がっていた。肩は華奢《きゃしゃ》だが、おなかは大きくせり出している。

ディオニは、自分を見るアルセウの表情が変わっていくのに気づいた。

見つめれば見つめるほど、その顔はますます険しくなっていった。少しでも手を離したら、ディオニが逃げてしまうとでも思っているかのようだった。

いいえ、あれはもっと悪い展開を予想しているのかもしれない。私がアルセウに身を投げ出すのではと。

呼吸を繰り返して落ち着けば落ち着くほど、ディオニは彼の心配が見当違いではないと認めざるをえなくなった。

「結婚が唯一の選択肢だとわかったな？」アルセウが暗い声で尋ねたものの、彼女に答える余地は与えなかった。賢い男性だ。「これは哀れみの問題ではない。常識の問題であり、祝福することではない。君は自分で自分を哀れむといい」

アルセウがディオニから手を離して後ずさりをした。あっという間にいつもと同じに戻った彼に驚いているのか、侮辱されたと思っているのかディオニにはわからなかった。シャツとジャケットを整えたアルセウは、触れられていなかった髪まで撫でつけた。

そして腕を組み、ディオニに向かって顔をしかめた。ほかの人ならそこまで冷静ではいられないはずだが、目の前の男性はアルセウ・ヴァッカロだった。

彼はあまりにも男らしい魅力にあふれていた。だから彼女はキスの味が残る唇に舌を這わせた。眉をひそめられても笑わないように気をつけた。

「シチリアでヴァッカロ家の悪行を知らない者はいない」アルセウが先ほどと同じ暗い口調で話し出した。「先祖はろくでもない人間しかいない。僕はそういう悪名高い家の出身だ。彼らは自分の人生は大切にしながら、シチリアでもヨーロッパでも他人の人生を破滅させてきた」表情が一瞬つらそうになった。「君との結婚で僕は誓いを破ることになる。ヴァッカロ家の人間はやはり身勝手で信用できないと、人々は思うだろうな」

ディオニはアルセウが話している内容ではなく、彼の口の動きに見とれていた。それに気づいたアルセウが低いうなり声をあげた。

「僕が生まれ育った家は自己愛と強欲の象徴として、敵を寄せつけないために建てられた。恥ずべき場所だが、僕はその建物と敷地をいい方向に生まれ変わらせることを生涯の使命と考えている。君が安楽な生活を期待しているなら、大きな失望を味わうはめになるぞ」

そして、返事を期待するかのように片方の眉を上げた。

「あなたの話はよくわかったわ」ディオニは穏やかに言った。「まだあなたと結婚するとは決めてなかったけど、今決めたわ。だって、私ほどお金めあての女はほかにいないから」彼女は手を振って磨き抜かれたキッチンとその向こうにある庭を示した。ブラウンストーン造りのタウンハウスはとてつもなく高額な不動産だった。「よく考えたほうがいいのはわかってる。でも、この残酷で恐ろしい生活から逃れられるならなんだってするわ」

「君が甘やかされてきたのはわかっている」アルセウがうなるように言った。「忘れているらしいが、僕は君の兄の親友なんだぞ」

ディオニはその事実を忘れたことがなかった。兄のアポストリスはいつも彼女にとてもやさしかった。会いたいと言うと必ず時間を作ってくれたし、彼女が花嫁学校《フィニシング・スクール》に行きたいと言ったとき、父親は反対したのに、兄は応援してくれた。

そんな兄とアルセウの仲については考えたくなかった。兄が知ったら、私のこの状況をどう思うか。話をすると考えただけで、ディオニは胃が痛くなった。

兄は理解してくれるだろう。それがつらい。兄は私をいつでも許してくれ、支えてくれるから。

想像すると、彼女には耐えられなかった。

「たしかに、私は両親を亡くして児童養護施設で育ったわけじゃない」だからわざと軽い調子で言った。「あなたも忘れているみたいだけど、私の家族は長年スキャンダルの渦中にいたにもかかわらず、ずっとビジネスで成功してきた。私は十代のころからホテル・アンドロメダで働いてきたの。つまり働くことには慣れているのよ、アルセウ。一度も訪れたことのない島で、あなたのイメージを回復するためにボランティア活動をしてはいなくても」ディオニは慈悲深くほほえんだ。「でも、大変ではあるでしょうね。有意義な提案をされるのではなく、恐ろしげな警告ばかりされているんだから。だけど、まるでロマンティックな詩を聞いているようだったわ。あなたってすごい人なのね」

「君にははっきり伝えておきたいんだ」アルセウの口調が鋭くなった。その視線には、二人が体を重ねた嵐の日と同じ抑えられた怒りがにじんでいた。

「僕たちにロマンティックな感情などない。君はすでに僕の子を身ごもっている。ヴァッカロ家の次世代をもうけてしまった僕は、先祖たちとなんら変わりないろくでなしだということになる。この血がずっと続いていくなら、子供を育てて責任を取らなくてはならない。僕は失敗してしまった。君と僕はこれから被害を最小限に食いとめる必要があるんだ」

アルセウは腕を組んだまま、ディオニにもわかるように真剣な顔で語っていた。彼は自分の言葉を信じているのだ。

彼女は胸が痛くなった。

というのも、アルセウの姿はまるで銃殺刑に処されると思っているみたいだったからだ。その視線は、彼が見かけほど冷静ではないと伝えていた。

たぶん、アルセウの気持ちはそうなのだろう。ディオニは彼の本気を感じ取った。

けれど心の底ではどうでもよかった。

彼が私にキスをしたのだから。

ディオニには気づいたことがあった。

これまでの人生は悲惨だった。不器用な彼女はぼろ布のようにいつでも少しみすぼらしかった。

けれどアルセウにキスをされたとき、心の奥が静まり、それから美しく輝き出したのがわかった。

まるでディオニをディオニたらしめていたものは石炭の山にすぎなかったのに、彼の唇が重なったとたん、そのすべてが一つとなって、ずっとなりたかったダイヤモンドに変わったかのようだった。

アルセウの唇が彼女をばらばらにしてから並べ直して新しい人間につくり変える間、心の奥は穏やかな輝きをいつまでも放ちつづけていた。

アルセウのキスは私をつくり変えるために必要な要素だったのかもしれない。

「ディオニ」アルセウが不機嫌そうな声で言った。

「君は僕と結婚しなければならない」

ディオニはうなずいた。当然だ。アルセウの語った恐ろしく陰鬱な理由に納得したわけではなかったものの、二人は夫婦にならなければならなかった。アルセウやその家族、シチリアにおけるヴァッカロ家の評判についてなにも知らなくても、ディオニは彼が間違っているのがわかった。アルセウが理解してくれるかどうかはともかく。

　生まれたときから母親がいなかった彼女は、ずっと自分にはなにかが足りないと思いながら大きくなった。それに、償いや許しについてなら少しばかり詳しかった。

　この世に取り返しのつかないことはないはずだ。

「すてきなプロポーズをありがとう」ディオニは言った。

「ディオニ」アルセウが地を這うようなうなり声で彼女の名前を呼んだ。また石炭がダイヤモンドに変わった気がして、ディオニは体を震わせた。

「なに、アルセウ？」静かに応じた。「私はあなたと結婚して、あなたが言う自己愛と強欲の象徴であるお城で絶望の日々を送るわ。なんてすてきなの」

　ディオニの胸は喜び以外感じていなかった。アルセウの表情がまた変わっていくのに彼女は気づいた。なにかの感情が厳格な表情に取って代わる。それから組んでいた腕がゆるみ、ふたたび背筋が伸びた。

　どうやら、アルセウは私が結婚を承諾するとは予想していなかったらしい。

　心の奥底にある輝きが増し、ディオニは気づいた。

　いつかこの人は私に恋をするはず。

　それはあまりにもありえない、実現不可能な夢物語だった。

　それでも、ディオニは結末を自分の目で確かめるつもりだった。

# 4

シチリア島は神秘的で危険な美しい山々と輝く海の中に、まだ解明されていない秘密を擁するなかば廃墟《はいきょ》と化した古代都市が点在する土地だった。ディオニは出会う人全員に言われた。あそこへ行ったら確実に不幸になると。

二人はマンハッタン郊外の飛行場からまっすぐシチリアまで飛んだ。プライベートジェットに案内するアルセウは、まるでディオニが隙あらば逃げ出すのではないかと思っているみたいな顔をしていたけれど、彼女は気づかないふりをしていた。

妊娠六カ月なのだから、どんなに逃げたくてもどこにも逃げられないわ、と何度も指摘しようとは思った。

一方で、自分から逃げられると想像しているアルセウがいとおしくもあった。

機内でのアルセウはずっと無愛想で陰鬱で、片づけなければならない仕事についてなにかつぶやきながらノートパソコンのキーをたたいていた。その態度はただのパフォーマンスにディオニには感じられた。というのも彼女は、兄がアルセウのビジネスパートナーなのを知っていたからだ。業績が低迷する企業を立て直す二人の仕事にはほかの社員もかかわっているため、必ずしもアルセウがつねに手綱を握っている必要はないはずだった。

推測するに、アルセウは動揺しているのだ。たぶん感情に悩まされると、男性はそうなってしまうのだろう。ほかの人なら彼を花崗岩《かこうがん》の壁のように揺るぎないと思うかもしれないけれど、私にはわかる。なぜなら私が感じているものを、彼も感じているからだ。でも、もっとも不適切な男性の子供を身ごもってしまったバージンの妄想だ、と言われてもしかたないのかもしれない。

飛行機が大西洋を横断する間、ディオニは座席で本当に妄想なのかどうか考えてみた。ジョリーのこと、自分の父親と結婚しているころに親友が味わっていた不幸についても考えた。そしてジョリーとアポストリスが出会ったころにお互いをどう思っていたとしても、今の二人の間には情熱の火花が散っていたのを思い出した。

私も同じものを経験したからよくわかる。

シチリア島に着いた二人は、海に近い滑走路に降りたった。ディオニは駐機場に立ち、豊かな緑と海の香りのする風を吸いこんだ。それからはアルセウ自身が運転する四輪駆動車に乗せられ、歴史を感じさせる曲がりくねった道を丘の上に向かって進んでいった。

長い間、ディオニは海を眺めていた。あの海は私が生まれ育ったギリシアの島まで続いているのだ。しかし何度も道を曲がるうち、海は見えなくなった。四方には木や草が生い茂っている。視界に映るすべてが険しく危険になるにつれ、隣にいるアルセウも石に変わっていくかのようだった。

ついに車が森を抜け、丘の上の大胆に突き出した場所へたどり着いた。道は一本しかなく、まわりにはコテージや離れや雑木林や畑が点在しているのが見える。けれどディオニの目に飛びこんできたのは、いちばん奥に堂々とそびえたつ壮大な城というよりも要塞に近い建築物だった。

ドローンが撮影した写真は、目の前の建築物を正確にとらえてはいなかった。

これまで見た中でもいちばん印象的な城だった。世界でも有数の超高級ホテルで生まれ育ったディオニでもすばらしいと思ったけれど、このヴァッカロ家の城はもともと実用的な目的のために建てられたもののようだった。攻めるのはかなりむずかしそうだが、守るのも道を進んでくる者に攻撃を仕掛けるのも簡単に見える。分厚い城壁の内側には、代々受け継がれてきた城にありそうな武器が現在でもずらりと並べられているのかもしれない。

　しかし、この道が訪れる人々を感動させるためにあるのは確かだった。威圧するという表現のほうがより正しいだろうか。

　ずっと陰鬱な表情で沈黙を守っていたアルセウは、車が城壁に近づき、門が開いて中へ入っても口をきかなかった。門が不気味な音をたてて閉まったとき、彼は前庭に車をとめて降り、ディオニを降ろすためにボンネットをまわって助手席側へ来た。大きなおなかではうまく動けず、一人では降りられなかったので、彼女はアルセウの手を借りるしかなかった。

　ディオニが石畳の上に立つと、アルセウがじっと彼女を見つめた。その目はあまりにも暗く、口は真一文字に引き結ばれている。そこからはなんの感情も読み取れなかった。

　ディオニは、アルセウがなにか言うのかと思った。だがそうする代わりに彼は振り返り、短くうなずいた。その動きで、彼女は誰かが近づいてきたのに気づいた。

　目的地に着いたというのにアルセウばかり見ていたからよ、とディオニは自分をいましめた。

「おかえりなさいませ、シニョーレ」硬い声がした。

　ディオニが振り向くと、制服を着ていることから家政婦と思われる女性が不愉快そうな顔をして立っていた。

「コンチェッタ、彼女はディオニ・アドリアナキスだ」アルセウが言った。女性の目がすぐにディオニのおなかにそそがれ、細くなったあとで上へ向かう。

「僕たちはまもなく結婚する」

家政婦が十字を切り、シチリア語で何事かつぶやいた。ディオニには言葉の意味こそわからなかったが、女性が妊娠をひどい間違いだと思っているのは理解できた。彼女がしかめっ面をしている原因はアルセウにありそうだった。

奇妙なことに、ディオニはうれしくなった。

飛行機の中でアルセウとの結婚について現実的に考える時間はたっぷりあったのに、彼女は同じことばかり考えていた。結婚に対して私は失望を抱いたりしないだろうと。普通なら、私はアルセウの花嫁にはふさわしくないとされるはずだ。いつもの私を見たら、彼はヴァッカロの家名に泥をぬりたくないと思うに違いない。

そう考えれば、家政婦の反応も喜ばしく思えた。

つまり、間違っているのはアルセウのほうだというわけだ。

明らかに家政婦はそう思っていた。「お部屋にご案内します」アルセウに鋭い視線を投げてから、コンチェッタがディオニに言った。「あなたがなにをしているのか、わかっているといいのですけれど」

「実は私、なにもわかってないの」ディオニは家政婦に話しかけた。コンチェッタは返事をされてショックを受けているようだ。「でも、なにか食べられたらうれしいわ」

そのとき、ほかの使用人たちが荷物を運びに現れた。全員がディオニを見つめてからアルセウに向かって顔をしかめ、明らかに聞こえよがしに小声でなにかつぶやいた。一方ディオニは、彼らの頭上にはすばらしい青空が広がっているのに、なぜ誰も気づかないのかしらと首をかしげていた。城の前庭には日差しが降りそそぎ、石造りの建物をきらきらと輝かせている。使用人たちは城を暗くて恐ろしい場所だと思っているようだったけれど、ディオニの目にはとても美しく見えていた。

写真で見たよりも美しく。

「眺めのいいお部屋だといいんだけれど」ディオニはあたりを見まわしつつ陽気に言った。コンチェッタはまだ動こうとしない。「地下牢《ろう》へ連れていくのだけはやめてね」

誰も笑わなかったので、ディオニは一人で笑った。

「ここに地下牢はない」アルセウが抑えた口調で言い、彼女はさらに笑った。「彼らはわかっているんだ。城に連れてこられる前から、この丘全体が牢獄なんだと」

「そうなの」どうにか笑うのをこらえて、ディオニはつぶやいた。「ごめんなさい」

本当に知りたかったのはアルセウの寝室で過ごせるのかどうかだったけれど、彼女はなにもきかなかった。どういうわけか、彼はそういう会話に応じてくれない気がした。

とはいえアルセウに触れられないのであれば、自分を妊娠させた男性と結婚する意味があるとは思えなかった。

アルセウが眉を上げるとようやくコンチェッタが中へ案内しようと歩き出したので、ディオニは考えるのをやめた。城は外から見ると美しかったが、そういう場所の内部がたいてい昔のままの状態で放置されているのを彼女はよく知っていた。

ところが、城の内部は外よりもきらびやかですばらしかった。

「この城も昔は掘っ立て小屋かなにかだったのかしら？」見事な絵画が何枚も飾られた回廊を通り、光に満ちた大広間に入ったとき、ディオニはきいた。そこにいると、まるで自分たちが果てしない空の一部になったような錯覚に陥った。

コンチェッタが顔をしかめた。「ここがですか？ありえません。ここは何世紀にもわたってヴァッカロ家のもので、一族の人たちは快適さをなにより大事にしていました」

「ここを牢獄だと言うなら、すごくすてきな牢獄ね」ディオニは言った。「私は専門家じゃないけど、イタリアの巨匠たちの絵が壁を飾る牢獄はそう多くはないと断言できるわ」

　年配の女性が彼女をにらみつけた。「きれいな場所だからといって、ナイフが隠れていないとは限らないんですよ。シニョーレの母親に会えば、すぐにわかるでしょう」

「アルセウのお母さんに？」その言葉にディオニは心を奪われた。「なぜかはわからないんだけど、私、アルセウには両親がいないと考えてたの」

「そのほうがシニョーレはよかったでしょうよ」コンチェッタが鼻を鳴らした。

　家政婦は城の中を何度も曲がり、ディオニを地球上の誰もが豪奢《ごうしゃ》としか思わない部屋へ案内した。コンチェッタが彼女を一人残して下がったのは中を見てまわる時間を与えるためと、身繕いをする時間が必要だと思ったためなのかもしれない。つまり、私は相変わらず少しみすぼらしいのだろう。

　ディオニはまばゆく輝く何枚もの鏡で、自分の姿を確かめようとはしなかった。

　その代わり、高い天井とフレンチドアを眺めた。そこからは手すりをつけてテラスとして使えるようにした城壁に出られるようだ。ディオニは外に出て顔で風を受けとめた。彼女の部屋はほぼ崖の端にあった。丘を見渡すと、急な斜面の中腹まで緑が生い茂っていて、ここに来るまでに通ってきた道はうもれて見えなかった。遠くには紺碧《こんぺき》の地中海が輝いており、シチリアが故郷からそう遠くないことを思い出した。

「私たちならなんでもできるわ、あなたと私なら」ディオニはおなかを撫《な》でて、軽く蹴っている赤ん坊に話しかけた。「あと海が見えていれば」

気配を感じて振り向くと、見たこともないほど美しい女性がディオニが通り抜けたフレンチドアのところにたたずんでいた。

驚くほど豊満な体つきの女性だった。まだ真っ昼間だというのに身にまとっているイブニングドレスの胸元からはふくらみがあからさまにのぞいていて、その部分を見せびらかしたいのがわかった。髪は漆黒で、翼のように片目をおおっている前髪だけが白い。瞳は息子と同じ吸いこまれそうな闇色で、なにもしていなければ険しい印象を受けたかもしれない口は衝撃的な赤にぬってあった。

「アルセウのお母さんですね」ディオニは言った。

深紅の唇がすぼめられた。「それなら、あなたが泣きながら祭壇に連れていかれる生《い》け贄《にえ》の子羊なのね」

「泣きながらですか？」ディオニは尋ねた。「シチリアではそうなのでしょうね。ギリシアの結婚式にも興味深いしきたりはあります。でも知る限り、泣くというしきたりはありません」

女性が蛇のように優雅に動いた。ディオニのすぐそばまで来て、上から下までじろじろと見る。

「すべては痛みで終わるわ」女性が暗い声で言った。「あなたにもすぐにわかるわよ」

「私はディオニです」できるだけ親しみをこめて自己紹介をした。「あなたのお名前は——」

「マルチェラ・マリア・ヴァッカロよ」女性の口調はファンファーレが鳴ってしかるべきというようだった。「私は息子のアルセウを母親としてしか知らないの。でも、あの子は本来の自分を偽っているわ。今にわかる。好むと好まざるとにかかわらず、あなたは真実を知るはめになるでしょうね」

「どんな真実ですか？」赤ん坊がまた蹴ったので、ディオニはおなかに手をやった。「あなたに孫ができることでしょうか？　あと三カ月もすれば生まれてきますよ。それを真実と言うならそうかもしれませんね」

マルチェラがさらに近づいてきたが、ディオニのおなかを温かな目で見たりはしなかった。それどころか、子供が自分に手を伸ばして噛《か》みつくのではとでも思っているかのようだった。

「先祖たちもそうだったから、あの子も必ず堕落するとわかっていたわ」彼女は頭を振って、黒い髪を揺らした。「運命の日は誰にでも訪れるのよ」

期待した顔を向けられたので、ディオニはほほえみ返した。

マルチェラが小さく息を吐き、きびすを返してそそくさと立ち去った。

私ったらとんでもない間違いを犯したのでは？　ディオニはほんの少し心配になった。

しかし、次の瞬間には気にするのをやめた。計画を変えるつもりはなかった。この先見るべきもの、するべきこと、学ぶべきことはあまりにもたくさんあった。

アルセウの姿はどこにもなかった。とはいえ公平を期すなら、このような広大な場所ではさがさない限り会えないのもしかたないのかもしれない。それでも、ディオニは空気中に彼の気配を感じ取った。ひょっとしたら五感が刺激されて体が熱くなっているだけかもしれないけれど、気配はついさっきまでそこにいたかのように強烈だった。

呼吸が少し浅く速くなり、胸がどきどきする。落ち着いて息ができるまでには、しばらく時間がかかった。

最初の一日か二日は城の探索に費やした。ディオニはあちこち歩きまわり、頭の中に地図を作った。中庭を通って城の一方からもう一方へ行く最短の行き方を見つけたりもした。たしかに彼女は裕福な家の育ちではあったけれど、本物の城で暮らすのは初めてだった。

　幼いころに見た映画やテレビの中の歌って踊るお姫さまたちに比べれば、今のディオニはずっとおなかが大きく、軽快に動けなかった。けれど、お姫さまになりきらずにはいられなかった。

　相変わらず、コンチェッタをはじめとする使用人たちはみんな気むずかしく不機嫌そうだった。それでも、ディオニは一人でミュージカルを上演しているみたいだと思っていた。

「ここの音響ってすばらしいわね」ある日、ディオニはかつて舞踏会が開かれていたとおぼしき場所で言った。思いつくままに『アナと雪の女王』の主題歌を数小節口ずさんでから、うれしそうにため息をつく。「オーケストラの演奏で歌ったら、どんな感じになるかしら？　その間、後ろでは何人ものダンサーに踊っていてほしいわ」

　歌の途中でお姫さまがするように両手を大きく広げて振り返ると、あとをついてきていた家政婦と二人のメイドが同じ表情でディオニを見つめていた。

　もちろん、全員があきれていた。

「ここで歌う人はいません」コンチェッタが威圧的に言った。

　若いメイドの一人が笑いをこらえて口を開いた。

「なにを歌うっていうんですか？」

　もう一人のメイドは考えこむような顔をしていた。

「葬送歌だったらいいと思いますけど。それか、悲しみを歌う曲とかだったら」

　ディオニは笑った。「ここにはもっとたくさん歌があっていいと思うわ。私は歌うのが好きなの。だから受け入れてちょうだい」

「そのうち、あなたも変わりますよ」コンチェッタが言うと、ほかの女性たちがうなずいた。「ヴァッカロ家の人たちは遅効性の毒みたいなもので、誰も無傷ではいられないんです」

けれど、四十年以上ヴァッカロ家に仕えているという家政婦は元気そのものに見えた。遅効性と言うならそのとおりなのかもしれない。家政婦たちとの会話のあと、ディオニはさらに一人で城を見てまわり、蔵書室にたどり着いた。ここは果樹を植えた中庭を中心にして、いくつもの部屋が取り囲んでいる造りのようだ。彼女は中庭に立ち、朝のやわらかな光を顔で受けとめつつ、どうして誰もこの場所のすばらしさに気づかないのだろうと思った。

目を開けると、誰かが城壁にいたような気配がした。ついさっきまでこちらを見おろしていたような気配が。

誰かじゃない。アルセウがいたのだ。

胸の奥がきつく締めつけられて震え出した。気づくとディオニは、ニューヨークでのキスをまた思い返していた。重ねられた彼の唇は独占欲をむき出しにしていて、ディオニはそのすばらしさに今でも酔いしれていた。

ほかのことなんて考えられるわけがない。

しかし今、頭上には誰の姿もなかった。

いいえ、アルセウは自分で望んでいるほど私から離れていられないのだ。

離れていられなかったのかどうかはともかく、彼が私を見ていたのは間違いない。

ディオニは屋内へ戻って蔵書室を見てまわった。部屋の一つは新刊本のみでうめつくされていた。もう一つには辞書や辞典や年鑑が順序立てて並べられている。その部屋の真ん中には大きな円テーブルがあり、シチリア島を中心にした世界地図が置かれていた。次の部屋は七カ国語の貴重な初版本が並ぶ博物館のような明るい空間となっていて、彼女はゆっくりと時間をかけて本を眺めた。本はすべてガラスの扉がついた棚におさめられていて、貴重なものであるのがわかった。

次の瞬間、ディオニは部屋に誰かがいるのに気づいた。

期待に胸をどきどきさせながら、顔を上げる――。

けれど、現れたのはアルセウではなかった。

彼の母親が言った。「ここが好きなのはいいことだと思うわ」マルチェラは初めて会ったときと同じ印象を与える服装をしていた。まだ昼前なのに、豊満な体の線を際立たせるイブニングドレスを着ている。ファッションの専門家でなくても、身につけている大ぶりな宝石が朝にふさわしくないのはわかった。

唇はもちろん、吸血鬼を思わせる衝撃的な赤だ。

「私は蔵書室が大好きなんです」ディオニは言った。「この城にはたくさんの本があるんですね。一生かかっても読みきれない気がします」

「そうね」マルチェラが嘲笑の視線を本棚に投げかけながらゆらゆらと歩いた。「ヴァッカロ家の妻とは収集品にすぎないのよ。見せびらかされるために選ばれて家に置かれ、何度か繁殖に使われたらあとは放置される。あなたはすでにその過程のかなりの部分を終えているみたいね」

ディオニはおなかを手でかかえ、マルチェラから赤ん坊を守りたい衝動に駆られた。どうしてかしら？ 彼女は言葉を口にしているだけなのに。「本と赤ちゃんと好きなだけ一人でいられる時間を与えられるなら、すてきな人生だと思いますけど。ここに来てからというもの、誰もがひどいところだと言うので身構えていたんです」

マルチェラが鼻を鳴らした。「楽観的なのね。でも、あなたはまだとても若いわ」

「それほどでもありません」ディオニは反論した。

「十八だろうと八十だろうと関係ないのよ」マルチェラが言った。彼女自身は年齢をまるで感じさせなかった。「この城は呪われているの。いずれわかるわ。いやでもね」

自室へ戻るころ、ディオニは城の人々の思わせぶりな言葉に少しうんざりしていた。

その日の夜、一人で食事を楽しんでいるときも、まだ彼らに言われたことについて考えていた。今日の料理はチーズ入りのアランチーニに茄子《なす》のカポナータ、パスタ・コン・レ・サルデ——鰯《いわし》のパスタだ。そのシチリア料理の数々を、険しい山々と遠くに見える海を眺めながら城壁のテラスで食べていると、口の中にまるで交響曲のように複雑で完璧な味が広がった。

皿から顔を上げたとき、彼女はついにアルセウがやってきたのに気づいた。

彼を見るたび、初めて会ったみたいな反応をしてしまうのはなぜかしら？

いいえ、アルセウの姿を見ていなくても、彼の気配には慣れているはずよ。気配だけでも胸が苦しくなって、落ち着いていられなかったけれど。

しかし、ディオニはアルセウ本人には慣れていなかった。彼が目の前にいるだけで、瞬時にうっとりしてなにも考えられなくなった。

アルセウは我が家である城でも、ほかの場所と同じく正装していた。なぜなのか彼女は尋ねたかったけれど、それ以上に気になることがあった。「この二日間あなたのお母さんを含めた全員が、ここにいるのがどんなにひどいことかわざわざ話してくれるのには、なにか特別な事情があるの？」

怒るのは無理だった。というのも、アランチーニ——リコッタチーズを中に入れたライスコロッケが、最高においしかったからだ。

「言っただろう」アルセウの声は暗く陰鬱だった。まるでここには潮の香りのする風も吹いていなければ、黄金の夕日にも照らされていないというようだった。「ここは暗黒に閉ざされた場所だと」

ディオニはしばらく彼を見つめた。それからほんの少し頭を上げ、視線を空へやる。夕日は険しい山々と地中海を美しく照らしていた。

視線をアルセウに戻す。「そうね。すごく暗いわ」

彼は眉間にしわを寄せただけで、ディオニに近づこうとはしなかった。フレンチドアにとどまっている姿は、ほかの人だったら堅苦しいと表現されていただろう。だが、彼はそうは見えなかった。微動だにせず立っているアルセウはいつものごとくよそよそしくはあっても、誰よりも優雅だった。

「医師がまもなく到着する」彼が口を開いた。「血液検査を含めた必要な検査をして、赤ん坊が健康かどうか、そして僕の子かどうかを明らかにしてもらう」

その言葉に、ディオニは憤慨するべきだった。いいえ、少しは憤慨していたのかもしれない。「あなたは疑ってるの？」しかし、心の大部分はくすぐったさのようなものしか感じていなかった。アルセウが自分以外にも恋人がいたと想像するくらいに、こちらの人生を刺激的だと思っているのがわかったからだ。いいえ、ひょっとしたら恋人は二人以上いたと思っているのかも。もし私が冒険をするのが大好きだったら、どういう人間になっていたかしら？もし花嫁学校《フィニシング・スクール》を卒業したあと旅に出て、多くの同級生が経験したみたいな挫折や失敗や信じられないほどの喜びにまっすぐ身を投じていたら……。

けれど、ディオニはいつも思っていた。そういう冒険話は聞くととてもわくわくするものの、現実にはクラブは暑くて不快だし、イビサ島みたいな観光地のビーチは砂がよくないうえに人であふれているから、吐き気を伴うひどい二日酔いの朝を迎えて深く後悔するのがせいぜいだろうと。

それなら家にいるほうがずっと楽しいはずだ。

だからといって、違う人生を想像するのが楽しくないわけではなかった。まして、アルセウから奔放な女だと思われているのだとしたらなおさらだ。そういうわけで、ディオニは彼に言われたことをほめ言葉として受け取っていた。

「法律上必要なんだ」アルセウがやはり暗い声で答えた。

「理解できるわ」ディオニは手を振った。「バージンを失う機会をずっと待っていた私が念願かなったら、出会った男性たちと片っぱしからベッドをともにしたがるに決まってるものね」

「ニューヨークは静養や瞑想《めいそう》に向いている街ではない」彼が冷ややかに告げた。

「感動だわ、私をそんなに遊び歩くのが好きな女だと思ってくれるなんて」どうやら、アランチーニをお代わりしたほうがよさそうだ。「すべてを法律のもとにきちんとしておくのは大事よね」

「書類はすでに作成ずみだ」アルセウの視線は料理を噛んでのみこむ彼女の姿にそそがれていた。彼の眉間のしわはいっそう深くなっていたが、ディオニは見覚えのある情熱の炎を見た気がして、触れられたかのように体が反応した。「医者が結果を出したら、僕たちは書類に署名して結婚する。明日の朝、司祭に来てもらえるよう手配しておいた」

「その前に必要な手順があるんじゃないの？」ディオニは体に静まるよう命じたけれど、うまくいかなかった。「書類の禁止事項を確認したり、どういう式にするか話し合ったり、必要なら改宗したりするものでしょう？」

「力ある者が手順を無視するのはよくあることだ」アルセウが言った。「悲しいが、世の真理だよ」

「私があなたに従ったら」彼女は皿に盛られた新鮮で色鮮やかな果物を見つめて口を開いた。「これ以上権力を乱用しないために、あなたの代でヴァッカロ家を終わりにするという誓いは破られる。それに今、その権力を都合よく使ったのに気づいてる？」

「気づいているとも、ディオニ」アルセウが答えた。その声にはディオニを震えあがらせるなにかがあった。彼女の心を明るくし、すべてを変える力を持つ声とは違っていた。「君はよく理解している。軽蔑している先祖たちと同じく、僕もしょせん偽善者にすぎないんだ。明日の朝、君には結婚してもらう」

「とてもロマンティックね」しばらくして彼女は言った。気楽な口調を保つのは大変だったけれど、なんとかやり遂げた。果物を口に入れ、酸味のある甘さを味わって落ち着こうとする。「胸が高鳴るわ」

そう言えばアルセウは立ち去ると思ったのに、予想ははずれた。それどころか、城の影になった場所からテラスの夕日に照らされたところへ出てきた。

そしてテーブルの端でとまるまで歩きつづけたので、ディオニは頭を上げて彼を見あげなければならなかった。苦しくはなかったけれど、落ち着きは失われたままだった。

アルセウには私の首筋の脈が激しく打っているのが見えているはずだ。彼がそばにいると、目がきらきらしてしまうのも。城の前庭でアルセウと別れてから二、三日がたつけれど、私はずっと会いたいと思っていたのかもしれない。自分以外誰もいない部屋にいても、彼の気配は感じていた。あの果樹が植えられた中庭にいるときも、アルセウがどこかにいるのではと想像していた。

不機嫌そうに顔をしかめたアルセウが息を吐き、ジャケットのポケットに手を入れて小さな箱を取り出した。蓋を開け、二人の間にあるテーブルに置く。

ディオニはなんとか黒魔術に等しい魅力を持つアルセウの目から視線をそらし、モザイクタイルのテーブルに向けた。暗い色のビロードの箱には指輪がおさまっていた。

ディオニはまじまじとそれを見つめた。

別に小箱の中身が指輪だと気づいていなかったわけでも、それがなにを表しているのかを理解できなかったわけでもなかった。ただ、指輪を贈られるとは思ってもみなかったのだ。この奇妙な状況で、そういうものは頭をよぎりもしなかった。

しかし思いがけず指輪が目の前に現れて、彼女は結婚が現実なのだと思い知らされていた。

「気に入らないか？」アルセウの声は氷を連想させた。「それならもっと気に入るものをさがそう」

アルセウが指輪を引っこめようと手を伸ばした瞬間、ディオニはとっさに動いて小箱を手でおおった。そのせいで彼の手が手をかすめた。

情熱の炎がディオニの胸に燃えあがった。それにアルセウにも飛び火したのが、黒い瞳の輝きを見ればわかった。

「気に入らないなんて言ってないわ」手をどけて、ふたたび指輪を見つめる。「こんなにたくさんのダイヤモンドがちりばめてあるのに、気に入らない人なんてこの世にいないでしょう」

アルセウは手を体の脇に戻していたが、ディオニは確信していた。私と同じで、彼も情熱の炎にとらわれているはずだ。そしてなすすべもなくその燃えあがる炎を見守りながら、初めて結ばれた夜を思い出しているに違いない。

「母がつけていたものだ」彼の声にも態度にもはっきりと緊張が表れていた。

彼女はアルセウにほほえみかけ、それから指輪に目をやった。「つまり、毒があるってこと？」

彼の引き結ばれた唇がほほえみに近いものを形作りかけて、ふたたび真一文字になった。ディオニはなんとかその表情を取り戻して、ずっと見ていたいと願った。

「もっともな質問だ」少しの沈黙のあと、アルセウが同意した。声には温かみがにじんでいた。「だが毒はない。これは父が母に初めて贈った指輪で、つけた者はあまりいないんだ。この代々受け継がれてきたものを、贈られた側は怒りに任せてはずしてしまうから。だが何度城壁から投げ捨てられたり排水溝に流されたりしても、必ず発見されてきた」

「実りある平和な結婚生活を約束するというより、呪われた一族へ招待する指輪なのね」ディオニは手を伸ばして指輪を取った。しかめっ面をしているアルセウは、城壁から放り投げられると予測しているかのようだ。

「カムリア、それが我が家の伝統なんだ」

彼女は親指と人差し指で指輪をつまみ、きらめく宝石とアルセウを見つめた。「膝をついてはくれないの？」大胆にも口が勝手に動いていた。人にきかれたら、自分には誰のこともからかう勇気はないと答えていただろう。目の前の男性が相手ならなおさらだ。とはいえ、不機嫌な彼なら経験ずみだ。業火のようだったキスも、稲妻のようだった欲望も。

だから大丈夫、とディオニは自分に言い聞かせた。

まずアルセウは顔に驚きを浮かべた。次に眉を傲慢そうに上げる。

それから驚いたことに、彼女を見つめながら片方の膝をついた。

彼にとっては愚かな仕草であるはずだった。誰よりも権力を持ち、厳格で、自制心に満ちた男性が懇願の姿勢をとるなどありえなかった。

しかし、やはりアルセウはほかの男性とは違った。ひざまずいても、彼はより強大に見えた。

アルセウが手を伸ばし、ディオニから指輪を取りあげた。彼女は自分が凍っているのか、麻痺《まひ》しているのか、それともこの光景を夢だと思っているのかわからずにいた。

だから彼が手を握り、指に指輪をすべらせるのを、ただ見つめることしかできなかった。

「君は僕の妻になる」予言のような声はディオニの骨の髄にまで響いた。「二人の魂に神の慈悲がありますように」

その言葉を聞いたとたん、彼女は頭を後ろに倒して笑い出した。ふたたびアルセウを見たとき、彼はあっけに取られた顔をしていた。

目には先ほどと異なる輝きが宿っていた。

「アルセウったら」ディオニは言った。「あなたにはカードのメッセージを考える人になってほしいわ。世界は感傷的なメッセージに飢えているから。すごく感動した」

すぐに立ちあがるかと思ったのに、アルセウは膝をついたままだった。まるで人生の半分をそうして過ごしているので気にならない、とでもいうようだ。そして心の奥底まで見透かす熱烈なまなざしを、彼女に向けた。

ディオニはなにをどこまで見透かされてもかまわなかった。本当は問題だったけれど。

「君は僕の妻になるんだぞ、ディオニ。それは想像しているほど楽なことではない。君は世界じゅうから哀れみの対象として見られるんだ」

「そうかもしれないわね」ディオニは肩をすくめた。

アルセウが眉を上げる。「でも、それってあなたの魅力をずいぶん過小評価していないかしら？」

「僕自身は残酷な人間じゃない」彼が大まじめな顔で言った。「だが、僕の血と遺伝子は違う」

「前にもそう言ったわね。でも、どういうふうにか具体的には教えてくれていないわ」

アルセウは驚いたらしい。まるでわかっていて当然だと、なにが残酷なのかは一目瞭然だというようだった。「幼いころ、僕は城の庭で飼っていた鶏とよく遊んでいた。料理人が卵を産ませるために飼っていたものだが、僕は好きだった。友達だと思っていたんだ」

　少年のアルセウがよりによって鶏とたわむれる姿を想像して、ディオニは胸がいっぱいになった。そして、話の行方にいやな予感を抱いた。

「ある日、父は晩餐《ばんさん》会を開いた。そしていつもは参加を許されないのに、その夜はどうしても僕にも着替えて出席するようにと言ったんだ。父がどんな料理を出したかわかるかい？」

「ああ、アルセウ……」彼女は声をもらした。

「父は晩餐会に来た全員に、子供に食物連鎖を教える大切さを説いた」声は淡々としていたものの、目はぎらついていた。「だが、僕だけは真実を知っていた。父は命の尊さを訴えたかったわけじゃない。息子を傷つける方法を見つけたから実行しただけだ。それこそが真の教訓だった。そしてその教訓が僕を育ててくれたんだよ、ディオニ。父のような男の遺伝子を残さないために、僕が知っている方法は一つしかなかった」彼は微動だにしていなかったが、目のぎらつきは増していた。

　ディオニはなぐさめの言葉をかけたかったけれど、アルセウが受け入れるとはとても思えなかった。だからうなずいて言った。「覚えておくわ、この城に鶏はいないって」

　アルセウが笑わなくても、彼女は気にしなかった。それでも、彼の眉をひそめた表情はいつもより少し険しさに欠けていた。「僕はずっと目のあたりにしてきたふるまいを反面教師にしてきた」とてつもない威厳がこもった口調だった。「だから君に指一本触れる気はなかったが、こうなってしまった。一族の重荷を背負う子供を残したいと思ったことはないが、君にふさわしい人生を送ってもらうために、子供が先祖と同じ道に進まないために最善を尽くすつもりではいる。こんな事態になった以上、僕にできるのはそれくらいしかない」

　ディオニはまだアルセウに握られているのに気づ

いて手を引っこめた。「ええ、もちろん。あなたは単に衝動に駆られて、私を相手にしただけ。私である必要はなかったのよね」

　アルセウが優雅に立ちあがり、運動神経のよさを見せつけた。誰もあんなふうには動けないわ、とディオニは思った。不公平としか言えない。

　否定しなかった彼に不満を覚えていたので、よけいにそう思った。

「君には謝らなければならない」アルセウがひどく堅苦しく言った。「ニューヨークではキスをするのではなかった。責任はすべて僕にある。あれは間違いだった」

「あなたはそれも私のせいじゃないと言うのね」ディオニは奥歯を噛みしめて指摘した。「私の記憶とは違うわ」

「今後、僕たちがベッドをともにする機会はない」

　アルセウがそう告げて座っている彼女を見おろした。自分の言葉がショックを与えるのはよくわかっているという顔をしている。「用意した部屋は気に入ったか？　気に入らないなら、好きな部屋を選ぶといい。僕の部屋以外ならどこでもかまわない」

　ディオニはしばらく考えた。顔に感じる風のおかげで頬が赤くなっているのがわかった。アルセウがそばにいるのが原因だったが、彼にとってはどうでもいいことのようだ。

「なにを根拠に、あなたは私がベッドをともにしない結婚をしたがると思ったの？」彼女はできるだけ慎重にきいた。鼓動がうるさくて自分の声はほとんど聞こえなかった。「私、そんな結婚をするつもりはないわ」

「いや、君はそういう結婚をしたいはずだ」アルセウが驚くほどはっきりと宣言した。「気にさわったのなら申し訳ないが、そうなるんだ。君にも警告しただろう？　ここは監獄だ。そういう場所では誰一人好きなことはできない。今にわかる」

アルセウは微動だにしなかった。ひょっとしたら、ディオニが癇癪《かんしゃく》を起こすのを待っていたのかもしれない。

彼女は指にはめている指輪が食いこむまできつく拳を作った。金属部分は硬く冷たかったものの、ダイヤモンドは夕日を浴びてきらきら輝いていた。

ディオニが無言のままでいると、二人の間に合意が成立したというようにアルセウがうなずき、背を向けて屋内へ戻っていった。

アルセウがこちらの反応をうかがうためにどこかに潜んでいるかもしれないと警戒しておけばよかった、とディオニは後悔した。彼の爆弾発言にショックを受ける姿を見られて満足されるくらいなら、死んだほうがましだった。

ディオニは拳の中の親指を動かして指輪の輪の部分に触れた。そして考えこんだ。アルセウが明らかに喧嘩《けんか》をしたがっているなら、応じても意味はない。特に今は結婚式を控えているのだから。

今夜、私はアルセウが作成したという書類に署名するだろう。でも、私は彼が考えているような女じゃない。私はずっとアルセウが欲しいと思っていた。

それでも明日、アルセウがどんなにくだらないことを言い出したとしても、私は彼と結婚する。

そう思うと、心の奥が明るく温かくなった。

だからディオニは夕食の席に座りつづけた。癇癪と切望で胸は引き裂かれそうだったけれど、結婚を考え直そうとは思わず、ただ平然と景色を眺めてほほえんでいた。

アルセウは必ず私に恋をする。

そうなるに決まっているのだ。

# 5

大したことではない、とアルセウは思っていた。文明の進んだ時代に授かり婚は決してめずらしい出来事ではない。

だが、ヴァッカロ家の所業には文明的と言えないものも多かった。

アルセウは何世紀にもわたって一族の教会として使われてきた、丘の中腹にある小さな礼拝堂にいた。先祖のほとんどが礼拝堂に入ったとたんに卒倒すると信じていたことを思えば、中が建設された当時のままでも不思議ではない。司祭は祭壇の前に立ち、ディオニのふくらんだおなかに鋭い視線を向けつつも、この結婚式もほかと同じく普通だというふりをしていた。

普通の結婚式など、世の中にはないのかもしれないが。

アルセウが出席した最近の結婚式は、たしかに普通とは言えなかった。常軌を逸しすぎていて、ホテル・アンドロメダがまだ無事でいること自体が驚きだ。

母親のマルチェラが数少ない列席者の一人として信徒席に座っていた。その席に日差しが窓のステンドグラスを通して赤い光を投げかけているのは、決して偶然ではない。身にまとっているのは喪服としか言えず、頭にはマンティラというレースのベールをかぶって真っ赤な口紅の色をどうにか隠していた。

通路を挟んだ向かい側には、きちんとアイロンをかけた制服に身を包んだコンチェッタが、明らかにけげんそうな表情で座っていた。

〝なんてすてきなの〟と、ニューヨークでディオニは皮肉をこめて言った。

だが、礼拝堂の入口に現れた花嫁はひと筋の光に見えた。

ディオニはここに向かう途中でつんだに違いない可憐《かれん》な花をブーケにしていた。アルセウはどんな花も用意していなかったからだ。伝統よりもスピードを優先させたから、ウエディングドレスも用意しなかった。花嫁のドレスはシャンパン色で、彼女の体を流れるように包みこみ、二人が今日礼拝堂にいる理由を表していた。

気づくとアルセウはディオニのドレスではなく、美しさに目を奪われていた。幸せいっぱいなのが理由かもしれないが、この状況でそんな気持ちになれるのが信じられなかった。しかし、目の前の光景は否定できなかった。彼女は光り輝いているようだった。太陽がそこにいるみたいだった。

ディオニはバージンロードを飛びはねんばかりの勢いで歩いてきた。その笑顔は礼拝堂全体を明るく照らすほどまばゆく、アルセウの胸を揺さぶった。

心のどこかで、ディオニが昨日の警告に従わないだろうと思ってはいた。そんな彼女にいらだちを覚えた。

二人は誓いの言葉を次から次へと唱え、司祭がアルセウに花嫁――つまり妻となった女性にキスをするよう指示した。彼は間違いだったと告げたキスをディオニにするはめになっていた。ほほえみは刻一刻と大きくなっていた。

「あんなこと、言わなければよかったわね」彼女が花婿にだけ聞こえるようにささやいた瞬間、アルセウは頭を低くして荒々しく唇を重ねた。

それはニューヨークでのキスとは似ても似つかなかった。それでも彼の全身には衝撃が駆け抜け、自分が跡形もなくなった気がした。

そのあとは先祖たちが昔からしてきたように、花嫁と一緒に城まで歩いた。いったい今まで何人の先祖たちが新妻を丘の上へ連れていき、彼女たちを決して逃がさず、石の壁の奥へ閉じこめてしまったのだろうか？

頭の中はこの丘ごとめちゃくちゃにしたいという思いでいっぱいだった。

今日の結婚式と過去に思いを馳《は》せながら、アルセウは無言で歩きつづけた。恐ろしい一族の血を自分の代で終わりにすると誓っていた僕が、先祖と同じことをしているとは。

ディオニは花婿の横で景色に驚嘆していた。海のほうに目をやるために立ちどまったり、また花をつんだり、はるか下で波とたわむれる日の光に感動したりしている。鳥のさえずりに耳を傾け、鼻歌を口ずさみもした。スキップしているせいで礼拝堂ではきちんとまとまっていた髪からピンが落ち、シャンパン色のドレスの裾は土で汚れていて、頬には花粉がついていた。

だが、ディオニは気づきもしていない。

アルセウは気づいた。そして無視できない自分に激怒した。足を動かせ。自分を見失う前に城に戻るんだ。

太陽に等しい輝きを放ち、音楽のような笑い声をたてながら、両手を広げてこの呪われた土地をまるごと受け入れているみたいに見えるディオニに影響されてはならない。彼女の目を通してここを見てどうする？　だが木々が天蓋を作っているさまを、木もれ日が大地に模様を描くさまを、なぜ僕は楽しめないのだろう？　たしかに城はヴァッカロ家の敵を寄せつけないために造られたが、とても美しくもある。

ようやく石壁が涼しげな影を投げかけるところにたどり着いて、アルセウは感謝した。

しかし、花嫁から離れるのは思った以上にむずかしかった。彼もそのことには気づいていた。だから必死に努力した。

その日の夜、書斎で懸命に仕事をしていたとき、アルセウはかすかな音を聞き取った。音楽かなにかが城のあちこちから聞こえる。

耳をすましているうち、彼は思った。城が建てられる前、この土地には楽しい思い出もあったのかもしれない。あるいは、新妻が僕をさがしているのかもしれない。

そこでアルセウはディオニを追いかけて、誰もいない長い廊下から廊下へ歩いていった。音はどんどん大きくなっていく。

やがて彼は、城のほかの部分と同じく細部までこだわって改装された、以前は舞踏室だった場所にたどり着いた。足を進めるにつれ、不安がつのっていくのに気づいた。

この先にはディオニがいるのだろうか？　それとも僕はついにこの城の闇を知ってしまったのだろうか？　舞踏室にいるのは亡霊なのか？

ディオニの姿を見つけたとき、アルセウは自分が喜んでいるのかがっかりしているのか、あるいは両方なのかわからなかった。

一人ぼっちの彼女は目を閉じていた。髪は下ろしてあって肩をおおっている。

そして歌っていた。

なぜかは知らないが、その歌には聞き覚えがあった。子供と踊っているかのように、ディオニはおなかをかかえて揺れていて、アルセウはその姿にうっとりした。彼女は目を閉じたまま、ゆらゆらと体を動かしながら、歌に合わせて舞踏室をくるくるとまわっていた。

しかし次の瞬間、ディオニが足をとめた。まるでアルセウの気配を感じ取ったかのようだった。だが自分もディオニの気配を感じ取れると彼は認めたくなかったし、なぜなのか考えたくなかった。彼女が目を開け、まっすぐにアルセウを見つめた。

今夜は二人の新婚初夜だった。

アルセウは急にそのことしか考えられなくなった。ディオニは夫となった男性の心が読めたらしかった。または普通の新婚初夜がどういうものなのか、アルセウと同じ想像をしているみたいだった。というのも、新妻の頬が赤く染まったからだ。それを目にした彼は、少なからぬ畏怖とてつもない欲望に駆られた。

そして気づいた――自分がいつものように、野蛮だった先祖たちとは違うと証明するための鎧《よろい》であるスーツを着ていないことに。着ていたのは夜遅くまで一人で過ごすのに適したやわらかい生地のズボンと、それに合わせたTシャツだった。ディオニもその事実に気づいたようだ。アルセウはナイトドレス姿の彼女から目が離せなかった。シルクでできたそれはセクシーで、ディオニの胸の豊かさと、重みと、この世のものとは思えないほどの美しさを際立たせていた。

過保護だった友人がどうして妹を外の世界へ出したのか、アルセウには謎だった。

だが、こんなときにアポストリスのことを考えたくはなかった。

「もう休んだほうがいい」アルセウは言った。自分でも声が耳ざわりに聞こえた。

「眠れなかったの」ディオニが言った。「たぶん、私たちの呪われた結婚が始まったんでしょうね。でも、まさか不眠症という形で表れるとは思わなかった」おなかをさすりながらほほえんだ。「それとも、妊娠中だからなのかも。原因はそのどちらかでしょうね」

そばに来てほしいと言われなかったので、アルセウは舞踏室を去るつもりだった。しかし気づくと足が動いていて、ディオニの前に立ち、まるで呪われた結婚ではないというように彼女を見つめていた。

　許されないことなのに。僕にはもっと分別があるはずだ。

「そんな目で僕を見るな」彼は声を荒らげた。

　だが、ディオニはさらにほほえんだだけだった。

「私がどんな目をしてるっていうの？」

「無邪気に目を大きく開けて、なにかいいことがあるというように見ているじゃないか」アルセウはうなったが、やはり彼女は落ち着き払っていた。それどころかさらにやさしい目をしていて、彼は欲望をつのらせた。だからこそすぐにもきびすを返し、新妻から離れる必要があった。

　しかし足が動かなかった。

「だって、前にいいことがあったもの」ディオニが静かに言った。

　それから手を伸ばした。アルセウが昨日贈った指輪が、頭上にあるシャンデリアの光をとらえて四方八方に反射させる。ディオニに手を取られて引きよせられ、おなかに触れさせられると、自分の内側に同じ輝きが万華鏡のように広がるのを感じた。「ディオニ――」彼は口を開いた。

　しかし、彼女は手を放さなかった。

　アルセウは押し黙るしかなかった。というのも、手の下にあるおなかの中で赤ん坊が動いたからだ。初めて経験する感覚だった。なのに、彼はそれがなんなのか知っていた。

　医師の報告書は、アルセウがすでに知っていた事実を裏づけたにすぎなかった。この子はアルセウの子だった。ディオニは彼の子を身ごもっていた。

　報告書によれば、赤ん坊は息子らしい。

今、決してあってはならない結婚初夜に、息子は父親を蹴った。息子なりの挨拶なのだろう。自分たちは本当に家族だという挨拶。

アルセウの胸に巨大な感情の波が押しよせた。切望と後悔、それに悲しみに似たなにかも。衝撃とともに、彼は手を引っこめた。

この瞬間まで、自分が何者なのか知らなかったような気分だった。

そして、二度ともとには戻れないのを悟った。

「この妊娠をいいことだと思いたいが」アルセウは口を開いた。荒々しい声はささやくように小さい。「だが自分の子供時代を振り返ると、なければよかったと思うしかないんだ。僕と同じ経験を、子供にはさせたくない」

ディオニが真剣な目になった。アルセウには、彼女が少し身を硬くしたように思えた。まるで彼に傷つけられたというように。しかしもしそうだったとしても、ディオニはそれ以上反応しなかった。「この場所のなにがそんなにひどいの？　いったいなにがあったの、アルセウ？　鶏がすべての原因じゃないでしょう？」

アルセウが自らの手でよみがえらせた、かつては廃墟《はいきょ》だった舞踏室には今、二人しかいなかった。それでも、彼らを包みこんでいる親密な空気を受け入れるわけにはいかなかった。

彼には分別があったからだ。

もはや夜も遅い時間で、窓の外には何キロも先まで暗闇が広がっていた。城にいるほかの人々は全員、眠りについているはずだ。

胸が引き裂かれて全身がばらばらになるような感覚に襲われたのは初めてだった。小さいころから自分の使命はわかっていた。

これはアルセウには理解できない異常事態だった。

なぜディオニだけが僕にこういう感情を抱かせるんだ？　実行するまでにはいたらなかったとはいえ、

見るたびに正しいことをしたくなるのがどうして彼女一人なんだ？

だが、今夜は単に初めての経験をしているにすぎない。ホテル・アンドロメダのテラスでも、ディオニから離れるチャンスはじゅうぶんあった。

ところが、アルセウは背を向ける代わりに彼女に近づいた。やはり今夜も離れられなかった。「記憶にある限り、両親の仲がよかったときなどなかった。二人はいつも互いを軽蔑していた。しかし若いころの二人は嫌悪感を情熱と勘違いしていたのか、ヨーロッパじゅうの誰もが仲むつまじいところしか見た覚えがないと言うんだ」息を吐き出しても、言葉はとめられなかった。「険悪になるにつれて両親は恋人を作り、互いに見せびらかし、相手をどうにかして傷つけようとした。何度も何度もだ。傷つけ合うことしか頭になかったから、自分たちが破壊の限りを尽くしているとは思いもしていなかった。父は怒りを爆発させては人々をしいたげ、傷つけて生涯を終えた。母の多くの恋人たちは、別れるまでひどい目にあわされていたよ」

アルセウは一歩下がって非難されるのを覚悟した。けれど、ディオニはただ彼を見つめ返しただけだった。

彼女が静かに言った。「父のしたことで私を責める人がいないといいんだけど。父が私の親友と結婚したのは知ってるでしょう？　彼女とその話題について語ったことはないけど、父は親友に決して親切じゃなかった。大事なのは自分だけだったから。ご両親のしたことで、私があなたを責めると思ってたの？」

そう思っていた。だから、責めないディオニに驚いていた。非難してくれていたら助かっただろう。一歩引いて考え直せたかもしれない。

だがアルセウは話を続けた。「大きくなるにつれて、僕は両親がなにをしているかに気づいた。なによりも権力を愛していた父は、近づく者すべてを従わせようとした。たとえ相手の顔を踏みつけることになるとしてもね。母は現在もスポーツや娯楽代わりに他人の結婚生活のじゃまをするのを楽しんでいる。その惨状を笑いながら眺めるのを。だが子供のころの僕は、どうして丘を下りていくと人々が地面に唾を吐いて十字を切り、僕を悪魔の子だとささやき合うのかがわからなかった」

「あなたは悪魔じゃないわ」ディオニが顔をしかめて言った。「せいぜい、ご両親の子分ってところじゃないかしら」

アルセウはその言葉が気に入ったわけではなかったが、反論はできなかった。

こんなことを話すつもりはなかった。僕が語るべき内容ではないのだから。

だが、アルセウは新婚初夜を迎えていた。

ディオニは彼を見つめるのをやめられないかのようだった。ひょっとしたらそのまなざしの力だけで、夫をいい人間にできると思っているのだろうか？もっと分別のあったころに戻せると。

だから、彼女に残りを話すしかなかった。

「大学に入る前の夏、僕はある村の女の子に出会った」声がうわずっていたのは今まで誰にも話した記憶がなかったせいだ。ディオニの兄にも打ち明けたことはない。「彼女の名前はグラツィアといった。当時の僕は村の人々とかかわれば家名を回復できると信じていた。そこで家を建てるのを手伝い、ボランティアに参加し、自分が家族とは違うと示そうとした。彼女に出会ったときは、特に前進していると実感していたころだった。グラツィアは気立てがよくて、親切で、幸せそうな女の子だったよ」

この話をするのがいやなのは、語りたくない理由があるからだった。

「しばらくすると僕はグラツィアとつき合うようになり、クリスマスに戻って彼女と再会できる日を指折り数えていた」アルセウは頭を振った。記憶は今なお鮮やかだった。「当時の僕には夢があった。グラツィアにプロポーズして結婚し、二人で海外に行く。そしてシチリアへ戻り、一緒にヴァッカロ家を信頼してもらえるようにするんだと」

　そこまでは言いたくなかった。昔については考えたくもなかった。しかし、まわりには過去とディオニと彼女が身ごもっている子供しかいなかった。その赤ん坊には未来があった。

　彼女はなにも言わず、じっとアルセウを見ている。

「だがクリスマスに家に帰ったとき、すべてが変わった」喉がからからで、彼は唾をのみこんだ。「父はグラツィアをベッドに連れこんだ。彼女に逃げるチャンスはなかった。父はほんのわずかな幸せさえも許せなかったんだ。そして僕に自分の力を思い知らせるために、これ以上の方法はなかった」

「アルセウ……」ディオニが目を見開いてささやいた。「なんてこと」

「父にとってグラツィアは取るに足りない存在だった」アルセウは吐き捨てた。「父は僕に見せつけるタイミングをはかっていたんだ。そして笑った。彼女が恥ずかしさに耐えかねて城を逃げ出し、誤って崖から落ちて亡くなっても肩をすくめただけだったよ」

　アルセウに見つめられたディオニは、話が誇張ではないのを理解した。おそらく、グラツィアは転落したのではなく身を投げたのだろう。

「それから僕に、田舎娘に手を出す前によく考えるべきだったなと言った」ディオニがショックを受けて声をあげると、アルセウは彼女の肩に手を置いた。「そのときに確信したんだ、ディオニ。僕の一族はどうかしている。僕たちは地球上の癌《がん》だ。ここにいいものなどなにもない。僕たちからいいことは生まれない。いい人間にはなれないんだ」

「あなたはお父さんとは違う。私たちの息子もそうはならない。アルセウ、あなたのようになるのよ」

アルセウは苦笑し、後ろに下がった。「僕のどこがいいんだ、ディオニ？　親友の結婚式の日にその妹をはらませた男は聖人君子とは言えない」

彼女が顔をしかめた。「私は――」

彼はかぶりを振ってさらに後ずさりをした。「早いうちにこの結婚が呪われていると受け入れたほうがいい。子供が生まれたら、ヴァッカロ家の血の弊害から子供を守る方法を考えよう。だが、君と僕はもう手遅れかもしれない」

「アルセウ――」

「ディオニ、僕とは距離を置け」声は震え、重々しかった。「頼む」

これで終わった、とアルセウは思った。

ディオニがほかになにを聞きたがる？　彼女を待ち受ける恐怖を、どう説明すればいいのか？

だが一週間後、疲れきったアルセウが夜中に寝室へ入ると、妻がベッドに横たわっていた。

裸で。

「いったいなにをしている？」全身の血がいちばんつらい部分に流れこんだにもかかわらず、彼は必死に耐え忍んだ。

眠そうな顔で夫を見て、ディオニがにっこりした。

真夜中にもかかわらず、その笑顔は明るい太陽そっくりで、アルセウは体の隅々まで痛みを覚えた。

「なにをしてるように見える？」彼女が笑った。その声が体に突き刺さるのを、アルセウは感じた。

「あなたを誘惑してるのよ。当然でしょう？」

# 6

ディオニは誘惑が得意ではなかった。

どちらかといえば、自分がそんなことをすると想像するとおかしくてたまらなかった。有名な両親を持ちながらも不器用で、きちんとした格好をするのが苦手で、誰からも関心を持たれなかったせいで、海で泳いだり山を駆けまわったりする時間のほうが長く、女性として成長する体には注意を払ってこなかった。自らの外見に向き合い、恥ずかしく思うべきだと知って努力をしたのは花嫁学校《フィニシング・スクール》へ入ってからだ。それでも、ビスケットと本を手にくつろぐほうがずっと好きだった。

ほかの女性のように、男性を罠《わな》にかけたいと考えたことも一度もなかった。

自分に女性としての魅力があるとは知らなかったのだ。兄の結婚式の日までは。

たしかにあの日のふるまいは誘惑と思われてもしかたないけれど、当時はなにも考えていなかった。アルセウを前から求めていたので、ただ行動したにすぎなかった。ずっと彼を欲しいとは思っていた。それにあの日はただ、雨の中で踊りたかっただけなのだ。いつもしているように、一人で。雨や嵐はちょっとアルセウに似ている気がして、なぜか心が高揚した。

あの日、意図的なことは一つもなかった。

でも今夜は違う。

この一週間、ディオニは新婚初夜に聞かされた話について考えつづけていた。アルセウが誰もいない舞踏室の真ん中に妻を置き去りにしたことも数えきれないくらい思い返した。

その夜以来、歌いたいとは思わなくなった。

とはいえ、アルセウの結論に完全に納得したわけでもなかった。

自分や大切な人たちにひどい仕打ちをされて、アルセウがぼろぼろになってしまったのは理解できる。けれどもし過去の出来事から前へ進まないままでいたら、彼は永遠にぼろぼろの状態でいつづけることになってしまう。

じっとして動かないのは、土の下にいる人だけの選択肢だ。

今の私はそういう人たちと同じなのかもしれない。夜も早い時間にベッドに横になり、まだ大きくなっているおなかにローションをぬりながら、ディオニは思った。すると心の中でなにかが動き出して姿を変え、はっきりとした形を取った。

彼女には望みがあった。それなら自分から行動を起こして、なにもないところに希望を見つければいい。

体はどうすればいいかわかっていた。あとはどうなるか試してみるだけだった。

実際に行動しようと思えば思うほど、なにもしないアルセウに代わって彼を誘惑しようと思えば思うほど、ディオニの中に憤りがこみあげてきた。この広大な城の奥深くへ追いやられていて、結婚している意味があると言えるの？　夫やこの場所や、それにここでの私の将来について、言われたことを受け入れていればいいと告げられたからってそれがなに？

息子への影響を考えたら答えは一つだ。

アルセウに触れられる機会が訪れるとは思っていなかったのに、実際には訪れた。妊娠するとも、彼と結婚するとも想像していなかった。でもどちらも現実のものになると、私は冷静に受け入れた。

マルチェラが城を歩きまわっては呪いの言葉をつ

ぶやき、誰もがここには悲しみや嘆きしかないと信じていても、心の中には波風一つ立っていない。

私はなにも変わらない。

むしろ、ニューヨークにいたときよりも強くなったくらいだ。

ディオニは、自分のことしか考えず、他人にどう思われているかばかりを気にする父親のそばで大きくなった。だから自分の居場所を見つけたいなら、行動を起こす以外ないと早くから学んでいた。

その一つが、父親を説得してフィニシング・スクールへ行くことだった。そうしていなかったら、娘に無関心な父親のせいでろくな教育を受けられなかったかもしれない。そして卒業後は、実家がある島にいたいと訴えた。理由はディオニがホテル・アンドロメダを愛していたからであり、親友のジョリーと一緒にいたかったからだった。ジョリーがディオニの父親の妻におさまるという異常な状況になっても、友情は維持したかった。

親友の結婚式の前夜、ディオニはジョリーに言ったものだ。誰もが親友を継母と呼べるわけじゃないと。

ディオニはベッドから下り、舞踏室で着ていたナイトドレスを身につけた。そして長い道のりだったが、使用人を含めた誰にも気づかれないように廊下を歩いていった。

息をひそめて足を動かしていると、まるで城に取りついた亡霊になった気分だった。楽しくて、体が軽くなったみたいな錯覚に陥っていた。

アルセウの書斎は城主のスイートルームへと続く廊下のいちばん手前にあり、遅い時間だというのに中では彼がまだ仕事をしていた。ノートパソコンに向かって顔をしかめながら、目の前の付箋になにか書きつけているようだ。ディオニはその姿を永遠にでも見ていられた。しかしアルセウが顔を上げて妻に気づく前にふたたび歩き出し、スイートルームへと続く廊下を進んで寝室をさがした。

いくら人間離れした雰囲気を持つアルセウでも、体を休めるベッドは持っているに違いないからだ。

これまではアルセウの私室に足を踏み入れたことがなかった。けれどたとえ目が見えなくても、ここが夫の部屋なのはわかっただろう。あたりには柑橘《かんきつ》類やスパイスを思わせる彼の香りが漂っている。ディオニは呼吸が浅くなり、全身が震え出すのを感じた。スイートルームを歩いていき、やがていちばん奥にある寝室を見つけた。

中に入ると、自分の部屋でもしているように窓から外を眺めた。すでに暗くなっていて、丘のふもとに点在する家の明かりが見えるだけだ。

けれど日中なら、私が生まれ育った島まで見えるかもしれない。

どういうわけか故郷のことを考えると、ディオニの心は落ち着いた。ナイトドレスを頭から脱いで、ベッドへ向かう。奥の壁際にあるベッドは巨大で堂々としていて、まわりには美しいアンティーク品が並べられていた。

最初は上掛けの下に潜りこんでいたけれど、上掛けをはねのけたほうがはるかに衝撃を与えられるかもしれないと気づいた。

一糸まとわぬ姿は望んだとおりの効果をあげていた。

「うまくいってるかしら？」ディオニはアルセウにきいた。

答えは見ればわかった。アルセウの顔の筋肉はぴくりとも動かない。どうやらディオニから目を離すことができないようだ。その両手は、まるで意思を持って動こうとしているかのように小刻みに震えていた。

「なにがうまくいっていると？」絞り出された声は

アルセウのものとは思えないほど苦しげだった。

「私の誘惑が」ディオニは片方の肘をついて体を起こそうとしたけれど、うまくバランスが取れなかった。それからまとめていた黒髪を下ろし、肩をおおうに任せる。シャンプーの香りが部屋じゅうに満ち、彼もその香りをかいだのがわかった。鼻孔がふくらみ、足が後ろに下がった。

彼が暗い怒りのまなざしをディオニに向けた。その顔は目の前の光景を夢ではないかと疑っているようで、彼女は決して忘れられないと思った。

なんと言おうと、アルセウは信じられないほど美しかった。

「僕たちは同じ結論に達したんだと思っていたよ」アルセウが奥歯を噛《か》みしめた。

「いいえ、違うわ」彼に別の言葉を言ってほしくて一糸まとわぬ姿になったのを思い出して、ディオニはやさしく訂正した。「あなたが一人で勝手にいろいろ決めて、私がなにか言う前にどこかへ行っただけ」

「だが、話は聞いていたはずだ」

軽くため息をついたとき、ディオニの体がぐらついた。ほんの少しだったけれど、それでもじゅうぶんだった。アルセウの目がその動きを追い、彼女の思い違いでなければ喉仏が大きく上下した。

「あなたはどうして自分が正しいのか説明した。でも、私は従いたくないの」

「あれは議論じゃない。僕は考えを伝えただけだ、カムリア」

「わかってるわ」けれど、ディオニはそれ以上続けなかった。アルセウが気に入るとは思えなかった。亡くなった人の話をしないわけにはいかないし、彼の父親の罪にも触れなければならない。それに、どんな過去があっても人生は変えられるという自分の信念も伝えなければならないだろう。「でもアルセウ、あなたの言った生活は現実的じゃない」

「僕たちの関係が現実的だと、君は信じているのか？」アルセウがあきれた顔で言った。「たぶん、今の状況が君をそんなふうにさせてしまったんだな、ディオニ」

「今の状況って、私たちが結婚しているということかしら？　そうね。たしかに、結婚は私の心に影響を及ぼしているわ。あなたによれば、最悪の事態はすでに起こっているらしいもの。だから、〝二人の魂に神の慈悲がありますように〟なんて言ったんでしょう？　でも、なぜ私たちが自分たちを罰しつづけなければならないのかがわからないの。私はもう妊娠しているのよ、アルセウ。あなたの言い分だと、すでに罰は受けている。どうして私が部屋に一人でいなければならないの？」

かぶりを振る彼の喉の脈が激しく打っていた。

「なにを言いたいんだ？」

ディオニはベッドの上に起きあがった。優雅な仕草ではなかったけれど、アルセウはやはり魅了されたようだった。「まあ、手始めとして、妊娠していてもキスをしたりベッドをともにしたりしてみるのはどうかと思うの」

アルセウが喉のつかえを取ろうと何度も唾をのみこむのがはっきりわかった。その視線は炎そのものだ。「そうするのは間違いだ」

ベッドの端まで体を移動させて立ちあがるのは簡単ではなかったけれど、ディオニはなんとか成し遂げた。そしてアルセウのほうに歩いていった。気分は豊穣《ほうじょう》の女神だった。なぜなら、夫の目がそうだと告げていたからだ。これほど美しいものが近づいてくるのを見たことがない、自分の想像を超えていると。

それだけがディオニの心の支えだった。アルセウは言葉と態度が正反対なので、正解がわからなかった。

「間違いならすでに起こってるわ」ディオニはアルセウに自分を見てほしかった。自身の中にある不思議だけれどすばらしい情熱の火種を純粋な炎に変えたかった。「もし永遠に自分たちを呪うんじゃなく、その間違いとともに踊ってみたらどうなると思う？」

ディオニはアルセウに近づいた。彼は拷問でも受けているような顔をしていた。

「そもそもあの日に踊ったからこそ、僕たちはこんなことになったんじゃないか」彼の声は苦々しかったものの、ディオニは夫の目の中の炎が熱く揺らめいているのに気づいた。

「でも、これ以上私を妊娠させることはできないわ。私たちは結婚した。今は誰も知らないかもしれないけれど、これからもずっとそうとは限らないわ。つまり今夜、ベッドをともにしようとしまいと、物事の大筋は変わらないのよ」

「違いがないのなら――」アルセウが口を開いた。

「ただし」ディオニは続けた。「私にとっては違うわ。私にとっては大きな変化なの、アルセウ」

彼女はアルセウに近づきすぎていた。手を伸ばし、彼のシャツのボタンに手をかけてはずすと、その下の金色の肌を指でなぞる。

苦しそうな声をあげたものの、アルセウはディオニを押しのけようとはしなかった。反対に手を上げて彼女の顎と頬を撫《な》でる。そして親指で頬骨や、唇の合わせ目をせわしなく何度もなぞった。

すると、二人の間の情熱の炎が白熱した。

「君の望みはなんだ？」アルセウがささやきに近い声で尋ねた。

ディオニはもう一つシャツのボタンをはずし、顔を近づけて素肌に口を押しつけた。唇に感じる彼の体温は燃えるように熱かった。彼は雷に打たれたみたいに硬直している。

　両手をアルセウの胸にあて、大きなおなかを彼に押しつけて、ディオニは夫を見つめた。

「アルセウ」そんな宣言をするのは危険だとわかっていた。心を丸裸にするに等しかったからだ。だが言わずにいられなかった。「私はずっとあなたを求めていたの」

　目の前の男性は自分と闘っていた。必死に抵抗していた。

　そして敗北した。

すると、あとには情熱の炎だけが残された。

　そうなることこそがディオニの望みだった。しかしアルセウのようすを見て、彼女は気づいた。ずっと期待していたものが想像以上に強い力を持っていることに。

　気をつけて扱わなくては、私は灰になってしまうかもしれない。

「君は男を破滅させる気か」アルセウの声はかすれていた。

　ディオニがその言葉に喜んだり返事をしたりする間もなく、彼の唇が乱暴に唇に重なった。

　キスは前よりもさらにすばらしかった。

とてつもなく荒々しい喜びが、彼女の中のあらゆるものを激しく揺さぶる。

　キスを続けながら、アルセウがディオニの顔を両手で包みこんだ。それから彼女の髪に手を差し入れ、いっそうキスを深めたあと、背中を撫でおろし、ヒップの丸みをとらえた。それからその形を確かめ、豊かさを堪能した。

　向きを変えさせられたディオニは、背中をアルセウの胸につける格好になった。彼の手が首筋からおなかに下り、大きなふくらみを撫でまわす。

　その間にもアルセウは何度もキスをした。

　アルセウが離れるとすぐ、ディオニは振り返って彼を見た。やめるつもりだろうかと心配になったけれど、そうではなかった。アルセウがシャツを脱ぎ、ズボンを蹴るように取り去った。ふたたびそばに来た彼の表情は獰猛《どうもう》そのもので、ディオニはベッドにぶつかるまで後ずさりをした。だがアルセウは近づくのをやめず、彼女はとうとうベッドに座りこんでしまった。

今回、指輪は差し出さず、彼はディオニに仰向けになるよう促した。

彼女が従うと、両脚を広げて肩にかけ、腿の間に舌を這《は》わせた。

ディオニはたちまち喜びの虜《とりこ》になった。

両腕を投げ出し、背中を弓なりにする。いいことなのか悪いことなのかはわからなかったけれど、アルセウが笑っているのを肌で感じた。

そしてヒップをとらえ、ディオニをごちそうみたいに味わう間もまだ笑っていた。

アルセウはゆっくりと時間をかけて、ディオニに自制心を失わせていった。

舌による愛撫《あいぶ》はいつまでも終わらなかった。

頭の中が真っ白になったディオニがどこにいるのかもわからなくなったあと、アルセウは彼女の体をくまなく丁寧に撫ではじめた。

半年前と今とで体を比べられたらどうしよう、とディオニは不安だった。けれどその気持ちは、アルセウの愛撫を楽しんでいるようすに一掃された。なにをどう考えても、彼はディオニを魅力的だと思って夢中になっていた。

しかも手を動かしながら、小声でつぶやいてもいた。

「こんなに美しい女性は見たことがない」アルセウがディオニの片方の胸を手で包みこんでキスをした。

「なんて甘い味なんだ」もう一方の胸にも同じことをしたので、彼女はあえぎ声をあげた。

アルセウがベッドに横たわり、ディオニを引きよせて抱きしめた。それから裸の体と体を合わせたまま、ふたたび唇を重ねた。

ディオニはこれほど神聖な気持ちになった覚えがなかった。

彼女はすべてを堪能したかった。ざらざらしたアルセウの胸毛には顔をうずめたくなったし、彼の全身に自分の体を押しあててみたかった。アルセウの燃えるように熱い体温を味わいたかった。二人の肌の色を、たくましい彼の腕とほっそりした自分の腕を比べたかった。

しかしアルセウがディオニの顔をとらえてまたキスを始め、舌を深く差し入れた。

彼女の全身がもう一度わなないた。

アルセウがディオニを抱きよせながら二人の体を入れ替えた。かつて嵐の日にもそうしたように、ディオニは彼の体の上で脚を広げて座っていた。

しかし、今はすべてが前とは違っていた。

アルセウの下腹部に腰を下ろしたディオニは、自分を豊穣の女神だとは一瞬たりとも思わなかった。丸みをおび、体重が増えた姿を見あげられるのが恥ずかしくてたまらなかった。

ところが、アルセウがため息をついて言った。

「なんて美しいんだ《ベリッシマ》」

それから二人の間に手を伸ばした。ディオニはついに……ようやく、夫のもっとも硬い部分を敏感な場所に感じた。

アルセウが低い笑い声をあげ、ディオニは全身が興奮するのがわかった。彼がディオニの体の中心に下腹部を触れさせると、それだけで彼女はふたたび歓喜に溺れた。

初めてのときと同じ衝撃が走ってわななかずにいられなかった。

アルセウがディオニを抱きしめながら深く身を沈

めたときも、彼女はまだ震えていた。彼が動き出しても、ディオニは茫然《ぼうぜん》としたままだった。

まぶたの裏では星がまたたいている気がした。そして永遠にも思える間、ひたすらアルセウだけに夢中になった。

ディオニのすべてを求めて何度も腰を上げたり下ろしたりを繰り返す間、彼はハンサムな顔に獣のような独占欲と欲望をむき出しにして彼女を見つめていた。

アルセウの手はディオニをしっかりとつかんで放さず、彼女は指の跡が残ればいいのにと願った。ディオニもアルセウに支えられながら彼に合わせて動き、二人は訪れた至福に声をあげた。

その喜びはいつまでも続いた。

彼女は何度ものぼりつめた。そのたびに喜びは増し、より深く、より荒々しくなった。

ディオニをもう一度のぼりつめさせ、恍惚《こうこつ》の淵《ふち》に投げ落としたとき、ついにアルセウも彼女のあとを追いかけて力つきた。

しばらくして二人は我に返り、アルセウがディオニを抱きよせてベッドへ横たわらせた。彼女の額や頬、唇にキスをする。

ディオニはまだ震えていて、喉の奥から小さな声をもらしていた。アルセウが彼女の隣で筋骨たくましい大柄な体を伸ばし、片方の腕を大きくふくらんだ彼女のおなかにまわした。

ディオニは自分とアルセウの呼吸のリズムが同じなのに気づいた。体の奥深くにも、全身にも、そしてかたわらにも彼のぬくもりを感じる。まるで一心同体になったみたいな気持ちだった。

まぶたは重く、意識が眠りの世界へと誘われていたけれど、ディオニはできるだけ長く起きていたかった。

だから眠るまいと我慢した。もっとアルセウとベッドにいる時間を楽しみたかった。彼がなにか言う前に。

今、起こったことを取り消そうとする前に。あるいはなんでもない出来事だったとやり過ごそうとする前に。

アルセウを誘惑してみた結果、想像を超える成功をおさめたという実感にひたる以外、ディオニはなにもしたくなかった。

アルセウが気づいていようといまいと、彼女は心の底から彼を愛していた。

彼が妊娠に気づいて、ニューヨークにいるディオニの前に現れる前からずっと。

## 7

あまりに多くの陰鬱な考えが急速に迫ってきても、アルセウは気にしなかった。

ベッドの隣に横たわってじっとしている間、ディオニが眠っていないのには気づいていた。彼もまったく眠くはなかった。二人が一緒にいる部屋は暗闇に包まれている。後悔するべきだという自覚はあった。自責の念に苦しむべきだという自覚も。

自制心を失ったあとはいつもそうなる。そして、僕に我を忘れさせることができるのは隣にいる女性だけだ。

それでも、この瞬間は悔やむ気持ちになれなかった。今はまだ。

ディオニに寄り添っていたアルセウは、てのひらで妻の温かなおなかを撫《な》でてみた。彼女が自分のほうを見ると、唇をなぞった。そこにほほえみが浮かんだときは胸が締めつけられた。彼は体を起こし、ディオニを抱きあげた。

「私はこうやって運ばれるには重すぎるわ」彼女は言った。それでもかまわずアルセウがかかえあげると、夫の首に腕をまわしてしがみついた。

「自分の妻と子供も運べない夫とはどういう人間なんだ？」アルセウは軽い調子を心がけたつもりだった。しかし声は意図したよりもはるかに暗く、外の漆黒の闇にも負けていなかった。

考えたくもないことが言葉になりはじめ、噛《か》みついてくるのを感じたが、彼は今もまだ悩みたくなかった。

ディオニを抱きあげたアルセウは暗い寝室を歩いていったが、浴室へは向かわなかった。その代わりに外の城壁に運んでいった。城を改築したとき、そこの広くなった部分に屋外シャワーを造っておいたのだ。暗闇がより近くに感じられ、星がはるかに明るく見えるその場所には、シャワーヘッドがいくつもあった。湯はやわらかく、エロティックでさえあった。

「あなたみたいな厳格で不屈の精神を持つ人が、実は欲望に忠実な一面もあるなんて誰に想像できたかしら」そうつぶやくディオニの肌に、アルセウは石《せっ》鹸《けん》で濃密な泡を作ってのせた。それから自分の手を使って、彼女の悩ましい体のあらゆる部分をくまなく洗いはじめた。

そのさまはまるで妻の全身を洗っているというよりも、彼女の感触を記憶に刻みつけているかのようだった。

ディオニの言った〝厳格〟や〝不屈の精神〟という言葉には違和感があった。しかしアルセウは、自分がその両方を兼ね備えているように見せたがっているのに気づいていた。ヴァッカロという呪われた姓とは正反対の、高潔で道徳的な男だと思われたかった。

いや、その二つの言葉を僕に使うのはディオニ一人だ。僕をそう思っているのも。僕が自らの理想をはるかに超える男になろうとしているのは、ディオニのためだったのだ。

だが、アルセウはそれ以上考えるのをやめた。どこへ向かうかはわかっていたからだ。

そうする代わりにディオニから自分と同じ香りがするように、いつも使っている石鹸の泡を彼女の体の隅々にまでぬり広げた。その行為に認めたくないほどの興奮を覚えていた。できる限りの方法でディオニに自分のものだというしるしをつけたかった。彼女の指には僕が贈った指輪がはまっていて、おなかには僕の息子がいる。この石鹸の香りが肌の奥深くまでしみこんだら、ディオニは息をするたび夫のことを考えるだろう。そして僕と一つになったときを思い出して、くるおしい思いに駆られるに違いない。僕が彼女と一つになったときを思い出して、同じ状態になるように。

だが、アルセウは考えていたことをなに一つ口にしなかった。

ただ星空の下、シャワーを浴びながらディオニの唇を奪った。それから両手を妻の髪の中に差し入れ、すばらしい味を堪能した。

キスは貪欲で、荒々しかった。

アルセウは自分をとめられなかった。とめたいとも思わなかったし、それが本当の問題なのもわかっていた。彼はディオニを屋外シャワーのそばにある造りつけのベンチに連れていき、そこに両手をつかせた。そして後ろから彼女の腰をかかえ、もう一度熱くうるおった中へ身を沈めた。

宇宙の彼方《かなた》へ突き進んでいくに等しい快感が訪れたあと、アルセウはもはや自制心がどれだけ残っているのか確信が持てなかった。

彼はもう一度屋外シャワーでディオニを洗った。彼女がきれいになり、完全にリラックスしたのを確認すると、いちばんやわらかいバスタオルで妻をくるみ、また抱きかかえてベッドに運んだ。

横になったディオニはアルセウに体をあずけると、あっという間に眠りについた。

しかし、アルセウは眠ることができなかった。というのも、一度眠ったらなにが待っているのか知っていたからだ。ヴァッカロの姓につきまとう闇はあまりにも根深く、あまりにもしつこかった。

その後、アルセウは城壁のテラスに出て、はるか彼方の空が白んでいくのを眺めた。その手前にある海は今は太い線にしか見えなかった。

彼は今夜の出来事をなかったことにするほど愚かではなかった。あるいは、この出来事が自分たちを根本から変えたりしないふりもできなかった。そればかりか、自分で立てた誓いをあざわらう行為をしたのだと自覚していた。

もはや後戻りはできない。それはわかっている。

だからといって、ここからどうすればいいのか見当もつかない。

アルセウは長い間テラスから動かなかった。ようやく城の中に戻ったのは、地平線から太陽がちょうど顔を出しはじめたころだった。

もうすぐ目を覚ましそうなディオニに気づくと、厨房《ちゅうぼう》に連絡して食べ物を運ばせた。ディオニを城に連れてきてから距離を置いていたかもしれないが、彼女がここでなにをしているかを把握していないわけではなかった。

アルセウは自分に課された義務と責任を真剣に受けとめる男だった。

だからディオニが目を覚ましたら、かなりおなかをすかせているはずだと予想できた。

今朝は普段以上に空腹なはずだ、とアルセウは思った。案の定、コンチェッタがシチリア風ペストリーと、シチリアでは朝パンにはさんで食べるピスタチオ味のグラニータ、それにギリシアヨーグルトにスパナコピタというほうれん草とチーズのパイ、そのほかいろいろな料理をワゴンにのせて運んできたとき、ディオニは目を開ける前からほほえみを浮かべていた。

城主が一人ではないのに気づいていると、家政婦は目で知らせてから下がった。ディオニがベッドに起きあがり、上掛けで自分の体をくるんだ。それからガウンのように上掛けを羽織ったままベッドを離れ、城壁のテラスに出てアルセウに合流した。シチリアの完璧な一日が始まろうとしていた。

目の前に広がる木々や急斜面、その奥に広がる海を眺めて、彼女が幸せそうなため息をついた。

アルセウはディオニと同じ景色を見てみたいと思った。青い空の下の、美しい自然を。テーブルについた彼女は、目の前の朝食が魔法によって出てきたというようにうっとりした顔をしている。だから、僕は青く輝く空に気づかずにいられなかったのかもしれない。木々にはみずみずしい緑の葉が茂り、鳥が何羽も枝にとまってコンチェルトを奏でていた。日差しは暖かく、海から吹くそよ風は潮の香りを運んできた。

初めて見るという顔をしてテーブルの上の料理を味わっては低いうめき声をもらすディオニを、アルセウは呆然《ぼうぜん》と眺めた。そういう声は一つになったときにだけあげると思っていたので驚いていた。

「僕は欲望に忠実な一面が自分にあるとは思わない」重々しく黙って座っているつもりが、気づくと彼はそう言っていた。「君も同じじゃないのか?」

ディオニが夢見るような目でほほえみかけた。ひょっとして彼女は幸せを感じているのか？「侮辱だと思わないでね、アルセウ。でも私からすれば、五感が享受する喜びを大切にする人生こそが生きるということだわ。でなければ私たちがすること、感じること、経験することがどんなにすばらしかったとしても、なんの意味があるっていうの？」アルセウが無言で見つめ返すと、彼女がまたため息をついた。「私は小さいころに学んだの。すばらしい瞬間とはつかの間だけのものだから、全身全霊で楽しまないとだめなんだって。そうすればほかのことと同じで上手にできるようになるの」

　アルセウは、子供時代を正確に語っていないディオニに我慢ならなかった。故スピロス・アドリアナキスについては誰よりもよく知っていたので、脳裏にはいろいろな事柄が浮かんでいた。彼がホテル・アンドロメダという小さな世界でどういうふるまいをしていたかも。

「僕の父なら欲望に忠実な一面があると思っていただろうな」無意識のうちに口を開いていた。ジュゼッペ・ヴァッカロの記憶を消し去りたいと躍起になっているのに、ここで話題にするのは暴挙に等しかった。だが相手がディオニだと思うと、なぜか話ができた。そうする必要があるとさえ感じていた。

　彼女は悪い反応を示さなかった。ただうなずき、せっせとペストリーを食べながらより熱心に彼を見つめた。

　アルセウはエスプレッソを手に取り、椅子にもたれて遠くに目をやった。だが、本当に見ていたのは過去だった。「僕が十代だったころの話だ。ある日、父と愛人の一人が一緒にいるところにでくわした。旅行で行ったサルデーニャ島の沖合の、家族全員がいた船の上で、二人はたわむれていたよ」当時を思い出して不快になり、うなり声をあげる。そのときはまだ父も母も家族のふりをしていた。「愛人は自分の部屋に逃げこんだ。彼女は母の客として招待された人だった。父は他人のおもちゃを盗むのが好きだったんだ。僕は気がすむまで父がどなり、息子を突き飛ばすと思った。だが父は、それを教育の機会ととらえたらしい。裸のままデッキチェアに寝そべり、僕をそばに立たせてこう言った。英雄は色を好むもので、神はそういう者たちが官能という喜びを楽しめるようにした、それができないのは愚かで弱く、そして自分を向上させるだけの知恵のない貧しい者なのだと」

「それだと欲望に忠実というより、ナルシストみたいに聞こえるわ」ディオニが言った。その声が淡々としていたのでアルセウは驚いた。彼女は侮辱するわけでも、母親のように金切り声をあげるわけでもなかった。ただあたりまえのことをあたりまえのように言っただけだった。ディオニが続けた。「ひょっとしたらお父さんはあなたが人生を謳歌《おうか》しているのを知って、それをねじ曲げたかったのかもしれないわ。徹底的に毒したかったのかも」

「父に会ったことがあるみたいな言い方をするんだな」アルセウはつぶやいた。いつの間にか手で胸をさすっているのに気づき、顔をしかめる。

「ある意味ではそうなんでしょうね」ディオニが鼻にしわを寄せた。「正直言って、あなたのお父さんは私の父によく似ている。オペラの主人公みたいにとんでもなく身勝手なところが」

「君の兄は、妹の君がホテルで働いていることによく驚いていたよ」

アポストリスを話に持ち出すべきではなかった。

雰囲気が険悪になってもおかしくなかったが、ディオニはアルセウをちらりと見ただけだった。「私がホテルで働いていたのは父のためじゃなかったわ。親友のジョリーのためだったの。彼女は父みたいな人と結婚するしかなかったから」彼女がため息をついた。「いいえ、選択肢ならほかにもあったんだけど、そっちはもっとひどいものだったの。だからジョリーのそばにいたかった。いくら父とともにいるのがつらくても、彼女とホテルで働いた時間は後悔していないわ」

「彼女はとてもいい友人なんだな」

アルセウはほほえむディオニを見つめた。その顔には悲しみがにじんでいた。「いちばんの友達なの」彼女が皿に視線を落とした。「なのに私は半年間、彼女に嘘《うそ》をついてきた。そのことを知ったら、彼女は傷つくでしょうね。でも、嘘をつかずにすむ方法が見つからなかったの」

「君は……妊娠をなかったことにしようと考えていたのか？」

ディオニが首を振った。「もし私が妊娠したと打ち明けたら、ジョリーは兄に話さなければならないと思うかもしれない。そしてもしそんなことになったら、兄は私に代わって決断を下そうとする。そうはなってほしくなかった。私の人生はずっと私のものじゃなかったから」

アルセウは顔をしかめた。「君の兄は君のためを思っているだけだ」

「それくらい、わかってるわ」ディオニが笑った。しかしその声には妙な響きがあり、アルセウは背筋を伸ばした。「兄はずっと私にやさしかった。でも、私たちには一度もしたことがない話があるの。兄が私の面倒を見るのは、私のせいで母が命を落としたからだった」アルセウが目を向けると、彼女がまたほほえんだ。これほどほろ苦い表情をしているのは初めてで、彼の胸は締めつけられた。「私が母を殺したからなのよ、アルセウ」

もしディオニがテーブルを引っくり返してアルセウの喉を刺したとしても、彼はこれほど驚かなかっただろう。

「君のお母さんは出産で亡くなったと聞いているが」アルセウは慎重に切り出した。

彼にとっては初耳ではなかった。何度も聞いた覚えがあったし、大学時代やそれ以降もアポストリスと話し合ったことがあった。友人に同情はしたものの、当時は学問上の議論くらいにしか思えなかった。

しかし今は、出産により命を落とす女性がいるという現実にまったく違った印象を抱いていた。ディオニのおなかの中にいるのは僕の子供で、僕が失うのはディオニなのだ。

それは以前に想像していたよりもはるかにあってはならない事態に思えた。

なぜなら今は自分の身に降りかかる問題だからだ。

「私は真実を受け入れたわ」そう言って、ディオニは椅子に座り直した。ふくらんだおなかに手をあてているさまは、妊娠が現実であり、赤ん坊がまだそこにいると確かめているかのようだ。「なにがあったのか、私はずっとわかっていた。でも、まわりの人たちは母の死の責任が私にあると遠まわしにしか言わない。私は信じているの。もし母が生きていたら、私を許して産んでよかったと言ってくれるはずだって。それが母親というものでしょう？」

自分の母親なら絶対にそんなことはしないに違いない、とアルセウは思ったが、反論はしなかった。なにか言いたかったとしても、言える気がしなかった。

「私自身も母と同じ立場になったからわかったの」ディオニが穏やかだが、きっぱりとした口調で続けた。

「出産が怖いんだな」気づくとアルセウはそう言っていた。

茶色の瞳が彼のほうを向いた。「そんなことはないわ」否定しながらも声は疑わしげだった。「たしかに、出産予定日が近づけばそうなるかもしれない。想像するとどうしたらいいのかわからなくなるけど、私は歴史が必ず繰り返すわけじゃないと信じているの。そう信じていれば歴史は繰り返されないんじゃないかと思うし。でももし最悪の事態になったら……」

ディオニが言葉を切っても、アルセウは黙っていた。わかりきった続きは聞きたくなかった。

彼はディオニの言葉を胸に刻みつけようとした。心の底から歴史が繰り返されなければいいと願った。

考えなければならないはずのことがふたたび押しよせてきたが、アルセウは容赦なく払いのけた。

子供はもうすぐ生まれてくる。大事なのはどう育てれば家名の影響を受けずにすむかだ。自分の代でヴァッカロ家を終わりにできなかった以上は次善の策を講じ、被害を最小限に食いとめなくては。

僕と望んではいなかった妻との間に訪れたこのひとときは奇跡だが、長くは続かない。美しい朝の鮮やかな青空の下で、アルセウはディオニといる時間をだいなしにするまいと決めた。

どうせすぐ終わるとわかっているから。

それからの数週間、アルセウは人生で初めて自らの出自を気にせずに生活した。複数のプロジェクトに取りかかりながらも、手を貸せば苦境から救い出せそうな企業もさがした。彼はこの作業が好きだった。ヴァッカロ家の一員というまぎれもない事実があっても、経営を立て直せば世の中の役に立ちそうな企業を見つけるのは楽しかった。有望な企業が見つかるとアポストリスと協議し、積極的にアイデアを出し合った。

アルセウはまた、城の新たな利用方法についても考えていた。困ったことに、ヨーロッパには廃墟《はいきょ》と化した城や砦《とりで》という壮大な遺産があちこちにあり、それらを生まれ変わらせるには資金と構想が必要だった。彼にその二つがなかったわけではないが、どうせ残すなら永遠に価値があるものにしたかった。

仕事をしていない間は、ディオニと奇跡のような時間を過ごした。ディオニの荷物は正式にアルセウの部屋に移動してこそいなかったが、彼女が眠るのは客用寝室ではなくなっていた。二人は毎朝、抱き合ったまま目覚めた。彼はディオニと食事をし、その日が順調に始まったことを確認して喜んだ。そして、鮮やかな青空の下のこの時間ができるだけ長く続くようにと祈った。

夜がくるたび、ディオニは自分が日中にした冒険をアルセウに語った。彼女は丘を下りてあちこちにある村に出かけていた。〝村の人たちに会いたいの。海辺に座っていると、この土地の文化に触れている気がするのよ〟

ヴァッカロ家にかかわったために命を落としたグラツィアの話には、二人とも触れなかった。

アルセウは自分に言い聞かせつづけていた。こんな日々は長くは続かないのだから、どうでもいい。

「どの村も個性的で、でもよく似ているんです」その夜もディオニは、マルチェラに誘われた夕食の席で言った。母親の目的は新しく家族になる女性に自分の存在を示すことだろう、とアルセウは考えていた。「それぞれの村がどう違うのか、そしてなにが似ているのかを知るのがとてもおもしろくて。ギリシアでもそうしていたんです」

「あなたがすることじゃないと思うけど」マルチェラが顔をしかめた。「村は村よ。学ぶ必要はないわ」

「必要なくても楽しいですから」ディオニが明るく言った。「今日は漁師さんとお話ししたんです」

「漁師ですって？」マルチェラが笑い、アルセウは背骨のつけ根が緊張した。「ヴァッカロ家の人間が漁師ふぜいといったいなにを話すというの？」

妻が挑発にのらない達人なのを、彼は知っていた。

ディオニは表情を変えず、顔をこわばらせもしなかった。ただほほえんだだけだった。

「マルチェラ、私は漁についてなにも知らないんです」彼女がいつもの陽気な調子で答えた。「でも、私が会ったその人は漁の専門家でした。だから話すことがたくさんあったんです」

母親が椅子の上で身じろぎをし、全身で不機嫌をあらわにした。これはよくない兆候だ。こんな夕食会は二度とごめんだと思いつつ、アルセウは巧みに話題を変え、世界情勢について話し出した。

ディオニと生まれてくる子供を蛇の巣にさらしている気がしたからだ。

しかも、母親に参加を強制された夕食にはなんの喜びも覚えていなかった。ディオニと二人で食事をしているときは、食べることそのものが体を重ねる行為のように感じられた。一つの喜びが次の喜びのきっかけになった。ディオニは決して飽きることのないごちそうも同じだった。アルセウはその事実を誰よりも理解していた。

彼は昨夜ディオニをどう抱いたかを思い出したり、今夜はどうやって抱こうかと考えたりするのに忙しく、母親とディオニがどういう会話をしているのかを聞き逃した。

しかし身を乗り出し、息子の妻に鋭いまなざしを向けながら話す母親の声はたしかに聞こえた。

「あなたがそんなに世間知らずなわけがないわ」喉を鳴らすような意地の悪い口調だった。「全部演技なんでしょう？　でなければ恐ろしい人だわ」母親が手を振った。今日の爪の色は唇と同じ暗い赤だ。「今していることが結婚生活だと本気で思っているの？　もっと賢くなりなさい。遊び半分で結婚の書類にサインしたわけじゃないわよね？　息子と別れたら、あなたにはなにも残らない。これから産む子供さえもね。だからここを出ていけなくて、あなたは飼い殺しにされるのよ」

「母さん、やめてくれないか」アルセウは注意した。

　そのとき、ディオニも身を乗り出した。茶色の瞳がマルチェラをひたと見つめる。「演技ではありませんよ、マルチェラ」静かな口調だった。「母の愛は無限なんです。愛する子供のためなら、どんなことにも耐えます。自分はどうなっても」

「私をはずかしめているつもり？」マルチェラが笑った。「私が息子をどう思っているか、あなたにはわからないでしょうね。この家で私がどれほどの苦しみを味わってきたか。私はヨーロッパじゅうのどんな男性でも選べた。王子たちが私の手を取ろうと先を争っていたのに、私はこの凶悪な一族のために王族になるチャンスを捨てたのよ。そんな私に母の愛を語らないで」

「いいかげんにしないか」アルセウは命じた。

　母親が目を細くしてこちらを向いた。そこにはほのかな笑みが浮かんでいた。自分を被害者だと訴えるのが、母親は好きだった。しかし、いちばん好きなことはほかにあった。

　それは自分がほかのヴァッカロ家の人間と同じくらい凶悪であると示す機会だ。

「あなたは父親以上の愚か者だわ、アルセウ」母親が噛みしめるように言った。「ジュゼッペはつねに欲望に正直だったもの。なのにあなたときたらうっとりした目をして、恋わずらいの子牛みたいに城を歩きまわっている。子牛が最後どうなるか知ってる？」さらに身を乗り出す。「屠殺《とさつ》されるのよ」

　アルセウは言い返そうとして、口を閉じた。ディオニが笑い出したからだ。

　その笑い声は果てしない青空を連想させ、彼の全身を揺さぶった。マルチェラがショックを受け、椅子に座り直す。

ニューヨークのときと同じくらいにディオニが笑いつづける間、アルセウは窓が開け放たれ、星が室内を照らしているような錯覚に陥った。

「ごめんなさい」笑いながら彼女が目をふいた。「あんまり仰々しくて。マルチェラ、私、あなたのオペラ歌手みたいなところが大好きなんです。夜通し悲《ひ》愴《そう》なことを言い、壮絶に死ぬけど、翌朝になるとよみがえって同じことを繰り返すところが」

それからまた笑った。アルセウは、母親の口がぽかんと開いているのに気づいた。

「私の家族よりずっとすてきですよ」ディオニが快活に続けた。なにかをテーブルに落としたが、気づいていないようだ。上品にまとめられた髪は崩れていた。「私の父は話し好きだったけど、少しも楽しい人じゃありませんでした。その話は全部、過去の栄光か、映画スターか政治家についてだけでしたから。魚料理を食べながら子牛が屠殺される話をするなんてありませんでした。私に言わせればもっと聞かせてほしいくらいです」

だが、それからマルチェラはひと言もしゃべらなかった。母親が頭痛がすると言って立ち去ったあとも、アルセウはディオニとテーブルに残っていた。

「君は母の扱いが見事だな」彼は静かに言った。「ああやればいいと、どうして僕は思いつかなかったんだろう？」

「この城にいると、『プリンセス・ブライド』に出てくる恐ろしい海賊ロバーツを思い出すわ」ディオニがやさしく言った。「読んだことある？」アルセウが首を振ると、彼女がおなかに手を置いてほほえんだ。「彼は七つの海を支配する恐ろしい海賊で、捕虜にした人々を一日じゅう働かせ、夜になると〝よくやった〟とほめる一方で〝だが、明日になったらおまえを殺してやる〟と言うの。ここも同じだわ。城にいる人たちはどんなにつらくてもなにも変えようとしない」ほほえむディオニの目はろうそくの光を受けていつもより神秘的だった。「でも、そんな場所でも毎日夜は明ける。そして、丘や遠くの海と同じとても美しい青空が広がる。ここは安らぎに満ちたすばらしいところだわ。あなたのお母さんが悲嘆にくれていても、その事実は変わらない。不幸せなふりが得意なヴァッカロ家の人たちも、幸せになれるという事実を受け入れるときがきたのかもしれないわね」

アルセウは心の奥底に大きな感情の波が押しよせるのを感じた。立ちあがり、テーブルをまわってディオニのそばで足をとめると、椅子の肘掛けに手を置いて彼女の唇を奪った。

キスが続くにつれ、情熱の炎は勢いを増した。

一つの炎が次の炎を生み出し、すべてが合わさって大きな炎と化していく。

アルセウはディオニの髪を下ろした。その髪が広がって肩をおおっているのが好きだった。

そうすればすべての影や記憶、有無を言わさずに引き受けさせられた重荷を洗い流せるというように、アルセウは何度もキスをした。父親がグラツィアにした仕打ちを思うとつらくてたまらず、自分の代でヴァッカロ家を終わらせようと決意したことも。

すっかり興奮するまでキスを続けたあとはディオニをかかえあげ、城の中を歩いて自分のベッドまで運んだ。

アルセウは初めて結ばれたときと同じくらい、ディオニが欲しくてならなかった。だから、ひと晩じゅう彼女を今までとは違う方法で喜ばせた。夜が明けて朝食を楽しむディオニを見るとまた欲しくなり、ベッドへ連れ戻した。

その日は仕事に集中できなかった。覚えているのはディオニが何度も笑ったこと、そしてその笑いが不可能を可能にしてくれたことだけだった。母親のたくらみをくじき、空気を一変させてしまったのが信じられなかった。

アルセウは、自分も変わってしまったのではないかと恐ろしかった。

いや、これは恐怖ではないのかもしれない。僕は心の奥底に訪れた希望の光におびえているのかもしれない。

彼は昼食をとっているはずのディオニをさがしに行った。彼女は蔵書室でソファに座り、本の山に囲まれていた。顔を上げたディオニが、会えてうれしいというように満面の笑みを浮かべる。

アルセウはまだ妻のその表情に慣れていなかった。体の中でなにかが踊っているみたいな感覚にも。

「この時間に会うのは初めてね」ディオニが陽気に言い、自分が座るソファの隣を手で示した。彼女を拒むことなどできないアルセウは、おとなしくそこに座った。「私が子供のころから好きな絵本を赤ちゃんと楽しんでいたところなのよ」そしてまわりにある本について熱心に語り出した。

アルセウは、自分の内側が切り裂かれるに等しい衝撃に襲われた。間違いなくこれは災難だと思った。

しかし、彼は苦行に耐えた。まるでディオニに自身を変えられるしかほかに方法はないかのようだった。

彼女のために変われ、となにかが訴えていた。挑戦してみろ。

アルセウはどんな挑戦もしたくなかった。だがそこに座っていると、胸全体が痛みはじめた。彼は口を開き、事態をさらに悪化させる言葉を口にしようとした。

ところがその瞬間、蔵書室のドアが開いた。

「失礼します」コンチェッタがいかにも家政婦らしい声で告げた。「お客さまがお見えです」

アルセウはちらりと目をやったが、来客に興味はなかった。ディオニは彼の横で、片方の手をおなかにあて、もう一方の手で絵本を上下させている。それから動きをとめた。

しばらくの間、彼らはドア口の人影を見つめ、そこに二人の人間がいるのに気づいた。

男性と女性が一人ずついるのに。

どちらもよく似た表情でこちらを見ていた。あれは驚きだ。それから一人が顔に恐怖をありありと浮かべ、もう一人がわかっていたというような表情をした。

そして、城全体を揺るがしかねない怒りが爆発した。

憤怒《ふんぬ》をむき出しにしたアポストリスが妹の大きなおなかを見て、親友に視線を向けた。「これはいったいどういうことだ、アルセウ？」

# 8

ディオニは上品とはいかないながらもすばやく立ちあがった。兄のそんな表情は見たことがなかった。

「兄さんにはどう見えてるの？」泣きそうになりつつ、彼女はきいた。兄が今にもアルセウに飛びかかり、暴力沙汰に発展しそうで怖かった。そうなったら私はどうするの？　世界でいちばん愛している二人の男性が争うなんて、考えただけで気分が悪くなる。でもこうなるのは最初からわかっていたのでは？　だからニューヨークへ行ったんでしょう？

彼女は注意を引こうと兄をにらみつけた。「なぜアルセウに質問するの？　妊娠しているのはどう見たって私なのに」

アポストリスが驚き、怒りに満ちた目を妹に向けた。「こんなことはありえない。兄さんの見間違いだと言ってくれないか、ディオニ。全部夢かなにかなんだと」

その横でジョリーが何事かつぶやいたが、ディオニには聞こえなかった。彼女は親友を見て、元気かどうか確かめたかった。けれど、兄から目をそらす勇気がなかった。

アポストリスは妹をにらみつづけており、ディオニはますます泣きそうになった。彼女はずっと兄に守られて生きてきた。兄はいつも妹を気にかけてくれ、気づかってくれる存在だった。自分にとっての喜びであり、機能不全の家族の中の唯一の光だというように接してくれ、ずっと守ってくれた。妹のどんな格好を見ても、失望した表情など一度もしたことがなかった。

それだけに今の表情に耐えられるとは思えなかった。

けれど、ディオニはもはや子供ではなかった。アポストリスの妹という事実は変わらないものの、大人になって結婚したし、まもなく母親にもなって赤ん坊を育てる。たしかに兄のことは心から愛している。でも、兄は親じゃない。さまざまな面で責任を負ってきたとはいえ、本来は妹の面倒を見る必要のない立場だ。

実際にはアポストリスが妹の面倒を見ていたとしても、その事実は変わらなかった。

現在のディオニは昔の彼女とは違うのだから。

ディオニは子供ではなく大人の女性であり、夫に驚くほど深い愛情を抱いていた。アポストリスがどんなに怒っていても、その気持ちを捨てようとは思わなかった。

兄には関係ないことだ。たとえ祝福してもらえなくてもかまわない。

沈んだ心の一部では喜びも覚えていた。兄とジョリーに知らせることができたからだ。今はつらいけれど、よかったと思う。すべてが明らかになったなら、もうこそこそする必要はない。兄と親友の結婚式の日からずっと秘密をかかえていた。それはシチリアに来てからも同じだった。

心の中の声が語りかけてきた。そうしたのは、アルセウが秘密にしておくだろうと思っていたせいなの？　たしかにアルセウが私との結婚や、もうすぐ親になることを兄を含めた誰かに話すとは思えない。もし話すつもりがあったとしても、彼は私には言ってくれなかった。

もしかしたら私たちはどちらも、できるだけ長く兄の不興を買わずにいたかったのかもしれない。

しかし、今はそんなことを気にしていられなかった。ディオニはアポストリスを見つめながら、これは起こるべくして起こった事態なのよと自分に言い聞かせた。アルセウとの関係や妊娠を隠していたのは申し訳なかったけれど、そうするしかほかに方法はなかったのだ。

アルセウはアポストリスの親友で、私は兄からまだまだ子供だと思われている妹だ。それなら、なにがあったとしても打ち明けるときに緊張しないわけがない。

それでも兄と親友のためにすべてを打ち明けようとディオニが口を開いたとき、彼女の横にアルセウが来た。ディオニは驚き、胸に喜びがこみあげるのを感じた。

彼は自分のもの、という思いにわくわくした。

しかし、アルセウの行動は爆弾を仕掛けたも同然だった。アポストリスの視線から感情が消え、ついで目が見開かれた。

それからその視線がさらに険悪になる。

ジョリーはアポストリスの横でほほえんでいた。

「ディオニと僕は結婚した」アルセウが超然とした態度で告げた。「数カ月後には息子も生まれる予定だ。君たち二人にも、この大きな喜びを一緒に祝ってもらいたい」

またしても荒々しい感情が交差する重い沈黙が訪れた。

ディオニの鼓動は太鼓の音みたいに体に響いていた。アルセウの手が肩にまわされると、彼のぬくもりが伝わってきて背筋が喜びでぞくぞくした。

その瞬間の四人は凍りついたかのように誰も動かなかった。アルセウの手が触れていなかったら、氷の彫像になってしまったのかとディオニは思ったかもしれない。

だが次の瞬間、氷の沈黙は砕け散り、すべてがいっきに動き出した。

アポストリスが叫び声をあげた。アルセウは叫び返しこそしなかったものの、後ずさりはしなかった。

「この数カ月間、蛇みたいにこそこそしていたとはな！」アポストリスが親友を痛罵し、怒り心頭に発して相手を侮辱するギリシア語をいくつも投げつけた。ディオニは、アルセウもジョリーもどうか意味を理解していませんようにと祈った。「おまえを信じていたのに！」

「弁解はしない」しばらくしてアルセウが口を開いた。その声は……無関心とまでは言えないが、ディオニが聞きたかったものではなかった。二人の関係は特別だと思える口調ではなかった。彼が言葉を続ける間、ディオニは悪いほうに考えるのはやめなさいと自分に言い聞かせていた。「僕は過ちを犯した」

どうやら悪い考えがあたってしまったらしい。アルセウの決定的な言葉を聞いて、ディオニは全身でたじろいだ。

彼女は振り返ってアルセウを見つめた。そして彼がどうなるより、冷静で感情のない言い方をしたことに動揺している自分に気づいた。なにもかも勘違いだったと言われたみたいな気分だった。いいえ、そんなわけはない。「僕は過ちを犯したですって？　全部一人でしたことだと思ってるの？」

けれど夫も兄もディオニを無視していて、彼女の動揺はいっそう激しくなった。

「おまえはディオニを汚した」アポストリスが口を開いた。口調は幾分穏やかになっていたが、まるで汚くなったというような言葉は聞いていて気分がよくなかった。今は私に目もくれず、アルセウばかり見ている兄にとってはそれが問題なのだ。「僕が長い間妹の世話をしてきたのを、おまえは理解していると思っていた。その意味や、理由を。なのに、おまえはやはり悪党だったんだな。体に流れる血のとおり――」

「アルセウは私を誘惑したり、利用したりしなかったわ」兄が恐ろしい言葉を口にする前に、ディオニは二人の間に割って入った。「誘惑したのも利用したのも私なの。そんなに気にしていたなら、結婚式でジョリーを憎んでるふりをするより、もっとまわりでなにが起こっているのか注意しておけばよかったんじゃない？」

「僕の結婚式で」アポストリスがあらためて言った。アルセウに向かって一歩踏み出し、前よりも殺気立った口調で続ける。「おまえは僕の横に立ち、付添人を務めてくれた」

アポストリスの緊張はつのる一方で、爆発は避けられないと思われた。しかし、アルセウはただ顎を引いただけだった。「僕に説明する言葉はない」

アポストリスがまた一歩踏み出し、ディオニは体を張ってでも兄をとめようと前へ進み出た。

頭の中では、そうやってじゃまをすれば、兄は私を突き飛ばさなければならなくなるはずと考えていた。こんな状況であっても、やさしい兄がそんな乱暴なまねを妹にするとは思わなかった。

「どうしちゃったの？」ディオニは声をあげ、ずっと英雄だと思っていた兄につめよった。いつも尊敬していたから、これまで辛辣な言葉一つ浴びせた覚えはなかった。たぶんこの問題が片づいたとき、私は無邪気だった過去の自分との決別を嘆くのだろう。「自分がなにを言ってるかわかってる、兄さん？ ここにいるのは兄さんの親友であり、ビジネスパートナーでしょう。アルセウは善良で高潔な男性だから、自分の命よりも信用してると言ってたじゃないの」

　なにか言いかけたアルセウを、彼女は手を振って黙らせた。

「あなたの家族は自分たちを史上最低の悪人に仕立てたいみたいだけど、全然おもしろくないから。妄想するのはやめて現実について話しましょう」

　それから兄のほうを向いて指を突きつけた。

「私の親友と結婚すると兄さんが決めたとき、私は叫び声なんてあげた？」

　アポストリスが心臓にナイフを突き刺されたかのような顔をした。兄をたじろがせても楽しくはなかったけれど、ディオニは間違っているとは思わなかった。

「一度もあげなかったが」兄が答えた。

「ええ、一度もね」ジョリーが楽しそうな声で答え、アポストリスが振り返って妻を見た。その顔はまるでジョリーも心臓に突き刺すナイフを持っているのに気づいたかのようだった。しかし、彼女は優雅に肩をすくめただけだった。「あなたはディオニと私が同い年だって忘れていない？　私のことは子供扱いしないでしょう？」

　ジョリーがにらみつけるアポストリスを無視し、近づいてきてディオニの手をしっかりと握った。

「おめでとう。すごくうれしい。アポストリスだってそのうち喜ぶと思うわ。ずっと七歳の女の子みたいにつきっきりで面倒を見てもらう必要なんてあなたにはなかった、という現実を受け入れられればね」

ジョリーにひしと抱きしめられたディオニは、わっと声をあげて泣き崩れた。明らかに、涙を流したいという衝動に身を任せるには最良にして最悪の瞬間だった。

それでも、ディオニは我慢できなかった。だから、なにも考えずに泣きつづけた。

両手で顔をおおっても、涙はあとからあとからあふれた。

ディオニは泣いて泣いて泣きつづけた。長い間、衝動はおさまらなかった。親友がそばにいて、兄が全部知っていて、張りつめた空気は消えていた。これでいいのだと、彼女は思いたかった。

本当はいいと思っていなくても。

妊娠してから、おなかが大きくなった体を厄介で扱いにくいと思っていたけれど、人生でこれほど自分を美しいと感じたこともなかった。もうすぐ生まれてくる息子の、ぽっちゃりした手を握る日も近い。まだ会ってもいないうちから、ディオニは我が子を溺愛していた。たとえ予期せぬ妊娠によって誕生するのだとしても、できる限りすばらしい人生を送らせてやりたいと願っていた。

それに、ディオニはどうしようもないほどアルセウに恋をしていた。夫に触れられるたび、見つめられるたびに、その気持ちは日に日につのった。名前を呼ばれれば呼ばれるほど、アルセウをいっそう愛した。自分が正しい場所に正しい相手といる、という静かな確信もディオニの中に広がっていった。しかし、アルセウは彼女を引き受けるべき責任としか考えていなかった。

妻も、二人の間にできた子供も。

つまり、二人のとらえ方はまったく違っていたのだ。

顔を上げたディオニは、ジョリーが二人の男性を蔵書室から追い払ったのに気づいた。彼女はディオニをソファに連れていって隣に座り、いつもしてきたように彼女の肩に腕をまわした。ディオニもジョリーに同じことをした記憶があった。回数はそれほど多くないけれど、どちらかが感情的になると、二人はお互いをそうやってなぐさめてきた。

ジョリーはなにも言わず、ディオニを急いで落ち着かせようともしなかった。ただ親友に寄り添い、感情の嵐を乗りきる手助けをしていた。

出会ってどれほどの月日がたったかと思うと、ディオニは胸がひどく痛かった。「さて」最後の涙がおさまると、顔をふいて残念そうに言った。「予想していたとおり、ひどいありさまになったわね」

ジョリーが自信たっぷりに言った。「全部終わったら、みんなとてもおもしろいと思うはずよ。今のところは驚きが勝っているけど、長くは続かないわ。アポストリスはあなたたち二人が大好きなんだもの。妹の相手としてアルセウほどふさわしい男性はいないんだって、そのうち気づくと思う」彼女がほほえんだ。「もしなかなか気づかなかったら、私が早めるつもりよ」

単純な罪悪感よりももっと鋭いなにかに襲われ、ディオニは友人を真正面から見つめた。「あなたには何度も言おうとしたの。一日に五回もメールの下書きをしたこともあるわ。携帯に全部保存してあるけど、一通も送れなかった」

「送ってほしかったわ」ジョリーがさらりと言った。

責めているようすも、傷ついたようすもない。彼女はただ言葉を口にしたにすぎなかった。

けれど、それでじゅうぶんだった。

罪悪感が少しやわらぎ、ディオニはため息をついた。「あなたに言いたくても言えなかったの。あなたの結婚式のすぐあとだったし、あなたと兄の仲がどうなっているのか私にはよくわからなかったから。兄には言いたくなかった。それであなたを巻きこめないと思ったの。あなたが兄に言わなければならないと思うんじゃないかと心配で」

「アポストリスには言わなかったわ」ジョリーが反論した。「だけど正直言って、どうしていたかは私にもわからない。前に彼に対して秘密にしていたことがあるから、今回も黙っていたかどうかは自信がないわ。でも本当の問題は、あなたがなぜアポストリスに言うのが怖かったのかじゃないかしら」彼女が顔をしかめた。「ディオニ、アポストリスに嫌われると思ったの？　彼はわめき散らしはするかもしれないけど、あなたのためならなんでもする人だわ。あなたも知っているはずよ」

そこでディオニは長い間待ち望んでいたように、親友になにもかも打ち明けた。兄に言ったら、すべてを自分で解決しようとすると思ったこと。でもどんな形であれ、一人で解決するのが大事だと考えたこと。兄はたしかにすばらしい人だけれど、子供の母親になるのであれば問題は絶対に自力で解決したかったことなどを。

「だからできるだけ長い間アメリカで暮らし、帰ってきたら兄には生まれた子供を見せるだけにして、質問には答えないでいようと思ってたの」ディオニは続けた。ジョリーが笑うと、彼女は肩をすくめた。「アルセウに妊娠したと話すつもりはなかったから、残りの人生は会わずに生きていこうと決めていた。彼に話さないなら、ほかの誰にも話さないほうが理にかなってると思わない？」

ジョリーが顔をしかめた。アルセウに話さないという決断がまずかったというような表情だった。ディオニはさらに説明した。ジョリーの結婚式の日、二人がなにをし、アルセウがなにを言ったか。〝哀れみ〟という言葉を使われたのも伝えた。

「私ならアポストリスには言わないわね」ジョリーがおどけた顔で笑った。「あの男性たちには困ったものだわ」

ディオニはうなずき、安堵《あんど》の表情を浮かべた。ジョリーはあの日の二人の激しい情熱を理解してくれた。それに、私がくるおしいほどの恋に落ちているのも。「ニューヨークにアルセウが現れたときの、私の驚きを想像してみて。彼は私がいやがらせで妊娠し、結婚を迫る気だと考えていたのよ」

「想像できるわ」ジョリーがほほえみ、ソファにもたれた。「あなた、彼に前からずっと恋していると、どういうわけか言いそびれているんでしょう？」

「恋なんてしてないわ」ディオニは少し顔を赤らめて嘘をついた。「アルセウにやさしくしたり、彼のことで頭がいっぱいだったりした時期ならあるけど。でも、だから恋してるとはならないでしょう？」

「赤ちゃんを身ごもって結婚式はしたわ。順序はともかく」

二人は笑い合って寄り添った。ディオニはこの七カ月間の出来事を詳しく親友に話した。ジョリーもホテル・アンドロメダでのこと、結婚生活のこと、そしてアポストリスと生きていく決意をしたので長年の秘密を明かしたことを語った。

「あなたは幸せそうね」ディオニは言った。幸せになりたいと思ってもいなかったジョリーにとっては予想外だっただろう。「そうなんでしょう？」

「ええ」ジョリーがうなずいた。

ディオニはうれしかった。自身の心配事や妄想や恐怖を忘れていられるのもありがたかった。

「あなたほど楽観的な人はいないわ」かなり時間がたってから、ジョリーが言った。「それってすごい才能よ。今回の問題もうまく解決するかも」

ディオニは頭を振った。「アルセウは本気で自分を悪人だと信じているの。どんなことをしても、本性は変わらないと思ってるのよ」

さっきもそうだったのでは？　アルセウはあきらめきっていて、兄に殴られたかったというふうだった。だから、あんなに驚かずにいられたのでは？

ディオニの全身に力がこもった。

「私はこの問題の専門家じゃないけど」ジョリーが口を開いた。「でも私が経験した短い時間の中で知っている愛について言うなら、愛は許しの上に成り立つものでなければならないわ。アルセウがひどい人でも、耐えなくてはいけないという意味じゃないわよ。彼は自分を許さなくてはいけないの。アルセウがどんなことをしたと思っていても、あなたも許さなくてはいけない。私たちはみんな、鏡の中の自分と向き合って、そこにある真実を理解しなければならないの。なぜなら、それこそが親密な関係に求められるものだと思うから。お互いを本当に理解するためには、まず自分をよく知らないといけないのよ」

その言葉を聞いてまた何時間も泣きたくなったけれど、ディオニは必死に我慢した。

城にアポストリスやアルセウがいる気配はなかった。夜の帳《とばり》が下りるころ、ディオニはジョリーを緑豊かな中庭に連れ出した。星がゆっくりと姿を現す中、二人はそこで夕食をとった。そして学生時代やホテルで一緒に暮らしていたころにときどきしていたように、遅い時間まで話しこんだ。

ニューヨークにいる間はもうそんなことはできないと思っていた。

二人は永遠にそうしていられるというように、いつまでも語り合った。

大事なのは互いが一緒にいられる喜びと、なにを話すかということと、自分たちのためにある場所だけだった。

「私たち、こうしていると姉妹みたいね」ディオニは椅子の背にもたれ、頭上に広がる天の川を眺めて言った。

「本当ね」ジョリーがうなずいて、ディオニの肩に自分の肩を寄せた。

ベッドに向かうころ、ディオニは新しい自分に生まれ変わった気分だった。

なんだか根本からつくり変えられたみたいだ。

今なら夫に愛していると伝えることもできそうだった。

もちろん、告白する前に兄がアルセウを殺していなければ、の話だけれど。

# 9

アルセウはしばらくの間、アポストリスが暴言を吐くに任せた。

なぜか自由な気分だった。普段、誰も自分にそういうことをしないので解放感さえ覚える。最後に僕に暴言を吐いたのが誰かも思い出せない。

今のような大声を聞くのは、ずっと前に父親を亡くして以来久しぶりだ。

だが、アルセウは衝撃に備えて身構えていた。アポストリスは僕に殴りかかってくるだろうか？　なにかを投げつけるだろうか？　親友はアルセウの書斎を行ったり来たりしており、チャンスならいくらでもあった。

もしかしたら僕の中には、そうしてほしいという望みが少なからずあるのかもしれない。感情の爆発のあと、僕は痛みを味わう。出血し、骨にひびが入るかもしれない。だが、相手の怒りはおさまらない。

それでも僕はアポストリスを憎んだりしないだろう、とアルセウは思った。

しかし、アポストリスは決して殴りかかってこなかった。

友人の怒りが下火になったとき、アルセウは彼のためにウイスキーを注《つ》ぎ、自分もひと口飲んだ。相変わらず無言だった。

「それでいいのか？」アポストリスが尋ねた。「ただそこに立っているだけで、自分の行動に対してなんの弁明もしないつもりか？」

「もし僕がなんらかの弁明をして、どうなると思う？」アルセウは友人を観察した。「君の妹と結婚したことを後悔していると言ってほしいのか？　そのほうがとんでもない間違いを犯すはめにならないか？　ディオニはまもなく僕の子供の母親になるのに、僕が彼女を妻にしなくておまえが納得するとは思わない」アポストリスににらまれて、彼はため息をついた。「おまえは本気で自分の妹と僕の間になにがあったのか、詳しく話し合いたいのか、アポストリス？　それがおまえの望みなのか？」

「違う」

それからしばらく、二人は黙って座っていた。

アルセウは窓の外を見つめながら、ディオニと二人きりになったせいで起こったホテル・アンドロメダでの出来事を考えていた。ディオニ自身のことも考えていた。ドレスの裾を引きずり、すぐに髪型が崩れる彼女が流した涙についても。

あの太陽のように幸せそうだった笑顔が、ずっと演技以外の何物でもなかったというのか？

アルセウは心がもろくなっていて、軽く触れられただけでも砕け散ってしまいそうだった。

僕はなんにでも耐えられると思っていたし、実際耐えてきた。呪われた血を持つ一族の最後の一人としてこの世を去るまで、それを続けると誓っていた。

しかし、今はディオニがいる。それに、二人の間には赤ん坊もいる。

ディオニの不幸は彼にとって耐えられないものだった。

アルセウは城を自分の手で壊したくなった。ひょっとしたら、単に感情を爆発させる口実が欲しかっただけなのかもしれない。アポストリスが過去何度か言ったように、自分も父親と同じ悪党だと証明するために。

親友に言われるまでもなかった。

アルセウは誰よりもそのことを痛感していた。

笑って、これがヴァッカロのやり方だとアポストリスに言ったほうがいいのかもしれない。この土地にいる女性たちは自分のものなのだと。そうでなければ農夫たちがいる意味はない、彼らの妻や娘は皿に盛られた菓子のように好きなときにつまみ食いをするためにいるのだと。

その瞬間、アルセウは自分に父親の亡霊がつきまとっているのを感じた。グラツィアの訃報が城に届いたとき、父親がどういう反応をしたかを思い出す。あの男は肩をすくめ、ただ笑った。まるで自分が破滅させた若い娘がなにをしようとなんの関係がある、というようだった。

〝おまえが怒っているのは私が彼女の最初の男になったからだろう〟ジュゼッペ・ヴァッカロは狡猾《こうかつ》な顔で言った。〝おまえにはがっかりしたよ、アルセウ。村の娘はおもちゃにするものであって、あがめるものではないと教わらなかったのか？〟

その日、なぜか彼は父親を殺そうとしなかった。

今は父親には心《ハート》などなかったのに、心臓《ハート》の発作が原因で死んだとは皮肉なめぐり合わせだと思っていた。時がたつにつれ、自分はグラツィアに恋をしていたわけではなく、彼女に理想の恋人像を重ねていただけだったのかもしれないとも考えるようになった。だが、恋人としてグラツィアを知る機会は失われてしまった。

それに、父親を恨んでいても僕はこうなってしまった。父親と同じく、バージンの女性をおもちゃにした。

先祖たちとは違う男になろうとしても意味はなかったのか？　最初から僕は呪われていたのか？

友人が殴ってくれればよかったのに、とアルセウは思った。

アポストリスがもう一杯ウイスキーを飲んだ。それから古い友人であり、ビジネスパートナーでもあるアルセウを見てほほえんだ。残念そうではあったが、たしかに笑顔だった。「死んだ父親のことを考えると、僕にはおまえ以上に手に負えない兄弟がいるかもしれない」

「絶対にいるね」

アポストリスがアルセウに向かってグラスを掲げた。「僕はいつかおまえを殴るかもしれない。ちゃんと警告したぞ」

「わかった」アルセウはうなずいたものの、いつものように冷静でいるのはむずかしかった。だが冷静でいられなくなるのはディオニといるときのみで、この混乱もそれが原因で起こっていた。また同じことを繰り返す危険は冒せなかった。ディオニとだけではなく、ほかの誰ともだ。彼はすでに父親と同じ道を歩んでいた。ディオニがどんなにまばゆい存在でも、なぜ自分までが清らかになれると思ったのか？「殴られたとしても当然の報いだ」

「当然以上だ」アポストリスがうなずいて、タンブラーの中のウイスキーをまわした。「おまえは僕の祝福を求めなかったが、とにかく祝福はするよ。おまえを殺してやりたいという衝動が薄れて気づいたんだ。僕はおまえとディオニにとって最良の状況を望んでいるんだと。だがただ一つ、心配なことがある」

「僕に妹を養えるのかと思っているのなら」アルセウは皮肉をこめて言った。「僕のビジネスパートナーと話してくれ。彼なら、僕がディオニと子供の面倒をじゅうぶん見られると保証してくれる」

「おもしろい冗談だ」だが、アポストリスはタンブラーに向かって顔をしかめていた。「知り合ってからずっと、おまえは結婚しないし子供もつくらない、そんなことを考えるほど長く女性とつき合う気はないとさえ言っていた。なのに、ディオニとは子供をつくり、結婚した」

アルセウはウイスキーをボトルごと飲みほしたかったが、そんな贅沢《ぜいたく》を自分に許す気はなかった。自制心が揺らぐからだ。何度、その証拠を突きつけられれば理解する？

「そうだ」アルセウはうなずいた。

「妹が傷つくのは見たくないんだ、アルセウ」友人が静かに言った。「自分がなにをしているのか、おまえはわかっているんだな？」

「言えるのはこれだけだ」アルセウは口を開いた。アポストリスの言葉に、あまり目を凝らして見たくない心の奥をこじ開けられた気分だった。「ディオニを傷つけるつもりはない。そうせずにすむ方法を見つけ出す」

「それではこれで終わりにしよう」アポストリスがタンブラーを置き、顔を上げてほほえんだ。「何年か前、おまえは僕にいつでも城に立ちよっていいと言ってくれたよな。今、僕がそのときだと思ったことを喜んでいるか？」

アルセウは友人の笑みにショックを受けた。それでもほほえみを返す。「実を言うと、喜んでいる。たとえ積極的にではなかったとしても、おまえに嘘《うそ》をついているのは気分がよくなかった。だがもうすんだことだ」

そう、終わったことで、取り消せはしない。石のように僕の中に居座り、変えられもしない。

部下にディオニの居場所を突きとめさせたときから、アルセウは心のどこかでこうなると予想していた。

理解できなかったのは、自分が人に害を及ぼす人間だと知りながら、なぜディオニが城に来てからそれを忘れていたのかということだ。大学時代から、何事においても過剰なほど節度を守ろうと努力してきた。グラツィアの死から感情は愚かで危険なものであり、ときには武器として使われる場合があると学んでいた。

だが激しい情熱を解き放った結果、邪悪な父親と同じくらいおぞましい結果を招いてしまった。

酒を飲みすぎたことも、感情的になったこともなかった。ディオニと体を重ねるまで、そういう極端な行動は徹底的に避けていた。

そのせいで今でさえ、自分の行動をどう説明すればいいのかわからない。

かなり時間がたったあと、アポストリスとジョリーが数ある客用寝室の一つで眠りに落ちたのを確認してから、アルセウは長年の習慣として城をさまよった。

城のどこにどんな種類の煉瓦《れんが》や石材が使われているのか、彼は熟知していた。城の細部まで調べつくしてもとどおりにしても、自分にとってこの場所の意味は理解できなかった。どういう存在なのかも。

ここにいたら、僕はどんな人間になるのだろう？　ひょっとしてこの城にとどまっているせいで、有害な人間になってしまったのか？

城が生まれてくる息子にどんな影響を及ぼすのか、アルセウは心配になった。

　自分の身の危険にまったく気づいていないらしい女性については言うまでもない。

　気づくと、彼はまた古い舞踏室にいた。そこは記憶にある以上にがらんとして見えた。ここがもう何年も使われていないのを忘れていた。使われていたのは父親がまだ生きていて、シチリアの人々を苦しめているころだった。父親は絢爛《けんらん》豪華なパーティを開いては不心得者を罠《わな》にかけ、支配欲を満たしていた。

　しかし今、目の前には一人で踊るディオニがいるだけだった。大きなおなかに手を添え、音楽を口ずさみながら動いている。

　アルセウの脳裏に、世界で一人しかいない親友の顔がよみがえった。〝おまえがディオニを傷つけたりしないのはわかっている〟と言っているようなアポストリスの顔が。

　あのときのアポストリスは心からそう信じていたのだろう。ディオニも僕を〝善良で高潔な男性〟と言っていた。

　どうして二人は僕の内側の腐敗に気づかないのだろう？　すでにそういう部分は外にもれ出しているのに。

　息を吐いて立ち去ろうとしたとき、アルセウは母親に気づいた。いつものごとく悪意のこもった目で見つめられていても驚きはしなかった。彼はときどきこう思うことがあった。母親は恨みをぶつける機会欲しさに、城にいる息子の跡をつけているのではないだろうかと。

　ディオニがしたように、笑って母親を追い払いたかった。夜中に城を徘徊《はいかい》している母親をからかおうとしたものの、思いついたのは〝村の噂《うわさ》によると、母さんは吸血鬼ではないかと疑われているようですよ〟くらいだった。

しかし、なぜか今夜は陽気な気分になれなかった。冗談を言いたいとも思えなかった。明るい声で笑おうとする力もわかない。

アルセウの心は傷つき、ひりひりしていた。

「こうなるのはわかっていたのよ」マルチェラが頭を振った。揺れる漆黒の髪が不吉だった。「アルセウ、あなたはヴァッカロ家の血からは逃れられない。なぜなら自分の中にあって、あなたをあなたたらしめているものだから。ある意味では父親より悪いかもしれないわね。ジュゼッペは自分を偽らず、芯から腐りきっていた。でも、あなたは自分を善人だと思っているのでしょう？　それほど危険なことはないわ」

アルセウは母親から目をそらし、磨き抜かれた床で踊るディオニを見た。天井のシャンデリアの光を浴びて、妻は輝いているかのようだった。彼女はいつもそうだった。

たぶん、僕はすでに腐りきっているのだろう。だから体じゅうが痛いのだ。

「誰もが、僕がこの城を修復するのは愛着からだと言います」アルセウは母親に向かって話した。「たしかに一族の財産は大切にしたい。だから人々も、僕がこの城をせっせと修復しているのだと考えているのでしょう」苦々しい声で笑う。「だが本当はここが嫌いなんです。今でも。それでも僕は城のいたるところを直した。そうすればここはヴァッカロ家の歴史を伝える記念碑ではなくなるから。そうすれば自分のものだと思え、いつでも処分できるからです」

「燃やしてしまいなさい」マルチェラが挑発した。「そのほうがいいわ。あなたがあなたであるうちに火をつけるのよ、アルセウ」

「母さんと比べたら、僕はまだましなほうでしょうけど」

マルチェラが笑った。「私とあなたの父親の結婚が、自分たちと同じじゃないと思っているの？　今、目の前にいる彼女と私が同じじゃないと？」

母親が近づいてきて、息子の腕に手を置いた。アルセウは下を向いて母親の爪を見た。すると自分になにが起こったのか、いかにしてディオニの破滅の始まりを早めてしまったのかを正確に思い出した。

この場にいるのを、僕は欲望のせいではないと思っているのか？　欲望を自制できなかったから、こんな事態になったんじゃないか？　アンドロメダ・ホテルでの結婚式のあと、ディオニと二人きりになったんじゃないか？

「私がこうなったのはヴァッカロ家のせいよ」母親の声は脅迫に近かった。「この暗い部屋で幸せそうに歌いながら踊る妻を見ながら考えるのね。いつか、彼女も私とまったく同じになるのだから」

それはもっとも恐れていることだったが、アルセウは母親の言葉に反応するまいとした。代わりに、無表情に母親を見つめた。しばらくするとマルチェラが息子の腕に爪を食いこませてから、うめき声をあげて離れた。

「今にわかるわよ」母親は不吉な声で警告し、くるりと背を向けていなくなった。

残ったのは暗い舞踏室と、光を投げかけて周囲の影を浮かびあがらせているシャンデリアだけだった。ディオニも姿を消していた。

アルセウにできることは一つしかなかった。

彼は死刑囚になったような気分で、あまりにも多くの先祖が暮らした城の中を進んでいった。亡霊と醜聞と数えきれないほどの涙を見てきた部屋を次々と通り過ぎていく。ディオニはそのどれも目にしてはいないはずだ。何度指摘しても、彼女は城の闇の部分を感じられなかった。

それに、ディオニが夫のベッド以外を使おうとしないのも知っていた。

記憶にありすぎる痛みが胸を走った。

自室へ行くと、彼女はいつものようにベッドでまるくなっていた。

アルセウは、ディオニがいるべき場所はそこだと思いたかった。しかし、それが問題なのだ。なによりも違う人間になりたいという、その切なる願いこそが。

ディオニにふさわしい男になりたかった。甘い歌を口ずさむ太陽そっくりな彼女とベッドで過ごしたかった。腕に抱いて、一生をともにしたかった。

だがアポストリスとディオニ——知る限り最高の二人は間違っていて、正しかったのは母親だった。母親と息子はどちらもこの城で暮らしてきて結末を知っていた。

なぜなら結末は一つしかないからだ。

何度も何度も繰り返されてきた結末しか。

僕はずっと、自分ならその結末を変えられると信じていた。

しばらくの間アルセウは月明かりの下、ベッドの足元側に立ち、ディオニの寝顔を眺めていた。そして彼女をそのままにしておくことを想像した。妻を眠らせておいて、自分の決断は使用人の口から知らせればいい。

すべての人のために、僕はそうせざるをえないのだ。

するべきことをすれば、自分を変えられると信じていた。しかし、母親が息子について言った言葉はまたしても正しかった。

アルセウは父親と同類だった。

つまり、あまりにも欲望に弱い男だった。

どんなに望んでも、なりたかった男にはなれなかった。

ディオニは裸でアルセウのベッドに横たわっていた。上掛けは蹴飛ばしたのかベッドの足元側でくしゃくしゃになっており、月の光が恋人のように彼女の曲線を愛撫《あいぶ》していた。

この世のどんな力をもってしても、ディオニのそばへ行くアルセウはとめられなかった。

ベッドの隣に横たわり、妻のサテンを思わせる肌に触れ、ぬくもりを手に感じた。それから一心不乱に全身をくまなく撫《な》でて彼女を快楽の中で目覚めさせ、身をよじらせ、嗚咽《おえつ》させ、彼の名前を叫ばせた。

何度も何度も。

ディオニの奥深くに身を沈めたとき、アルセウは二度と自分が完全な人間にはなれないのを悟った。かつて一度もそう思った覚えはなかった。

七カ月前、アルセウはギリシアで我を忘れた。あの夜は完全に欲望に屈し、溺れた。それからもずっと欲望の海で泳いでいるつもりでいた。

あの夜、僕はその海で溺れ死んでいたほうがよかったのかもしれない。

だが、そうすることができなかった。

心の奥底ではどうしてなのかなんとなくわかっていた。ディオニが生きている間は無理なのだと。

そしてアルセウがついに疲れはてたとき、外ではすでに夜が明けていた。ディオニは眠りに落ちていたが、いつ目覚めてもおかしくなかった。

彼女のようすを見ればわかった。

アルセウ自身は眠ろうとは思わなかった。最後の一分一秒までここでの記憶を脳裏に刻みつけておきたかった。この一瞬一瞬を今後何十年にもわたって宝石のように大切にするために、ディオニといられる時間を忘れまいとした。

ディオニが目覚めたとき、アルセウは彼女のために食事を用意させていなかった。彼は服を着て、真剣な表情でベッドのそばに立っていた。つらい気持ちは表に出さなかった。

重要なのはディオニの心であって、僕の心ではない。

僕の感情は毒にしかならないのだから。

「なんだか不吉な感じね」ディオニが言った。

彼女はほほえんではおらず、アルセウはこれほど傷つくことはないと思った。

それでも彼は口を開いた。「出張に行ってくる。君の兄と僕は世界をまわって用事を片づけなくてはならない。いかにも退屈な慈善舞踏会に出席するとかといった用事を。だが、君はついてこなくていい」

「私が妊娠しているから？」ディオニが尋ねた。警戒しているようだ。

「誰が見ても妊娠しているからだ」

「そうね。そのとおりだわ」

「僕がいない間に、君の荷物をコテージの一つに移すよう使用人に命じておく」意味がわからないといった顔でまばたきをするディオニを見ても、強引に続けた。「君には城にいてもらいたくない。僕のベッドにもだ。もっとはっきり言おうか？」

そしてアルセウは、昨夜ディオニの兄に絶対にしないと言ったことをした。その言葉が彼女に与える影響を見守った。

傷ついたディオニを目のあたりにしても、彼は前言を撤回しなかった。

今、妻を傷つけるのは将来、はるかに大きな痛みから救うためなのだと考えると、心に冷たいなぐさめが広がった。彼女は賛成しないだろうが、こうするのはやさしさなのだ。

「なにを言ってるの？」ディオニがささやくような声できいた。

「君と赤ん坊に不自由はさせない」アルセウは断言した。その声はいつも以上に冷ややかだった。ディオニが気づかなくても、これは贈り物なのだ。「医者も用意する。なにも心配はいらない」

「あなたはいないけど」ディオニが静かに言った。「私はあなたが欲しいの。夫が、愛する人が」

　アルセウは彼女を見つめた。感情が高波となって押しよせていて、言われた言葉をうまく聞き取れなかった。

　ディオニが唾をのみこんだ。彼女は裸でも堂々としていて、アルセウのものでありながら彼の手の届かない存在だった。「愛してるわ、アルセウ。あなたもずっとわかってたでしょう」

　アルセウは自分が真っ二つになったかと思った。その言葉が心の奥底で爆発したかのようだった。だが受け入れることも、噛《か》みしめることもできなかった。

「僕はこの状況をなんとかできるふりをしていた」アルセウは言葉を絞り出した。「しかしなにも変えられなかった。僕が君と結婚したのは授かった子供を守るためだった。君たち二人は今もこれからも、僕の庇護《ひご》下にある。だがそれ以外は……」彼は手を振った。そうすればディオニの豊満な体も、大きな茶色い瞳に対する反応もやり過ごせるというように。「どうにもできない。なにもかもが痛みで終わるだけなんだ」

「恐怖を理由にするのは――」彼女が反論を始めた。

「僕の痛みじゃないんだ、ディオニ。君の痛み、僕たちの息子の痛みの話をしているんだ」厳しい声が部屋に響き、ディオニがたじろいだ。

　しかし、そんな彼女を見てもアルセウの決意は変わらなかった。「そうなるのは避けたい。言ったはずだ――責任はすべて僕にあると。僕は分別を働かせて、なにもせずにいるべきだった」

　ディオニが体を起こし、ベッドから出て、アルセウに近づきながら両手を広げた。

「君が僕に触れずにいられないなら、僕が誘惑を断ち切るまでだ」彼は判決を下すように言った。ディオニの両手が体の脇に下がる。「今後は僕が城にいても、君が知ることはない。君にはなんの不満もないが、このままでいてはならないんだ」

「アルセウ……」ディオニがささやいた。

　しかし、彼は足を動かした。背を向けるのもむずかしかったが、妻から遠ざかるのはもっとむずかしかった。

　こうすればディオニは安全だ。我が子も守れる。ほかにはなにも気にならなかった。心があったはずの場所に、粉々に砕け散った心の破片しかないことも。

# *10*

「私たちと一緒に来ればいいのに」朝食をともにしたあとで、ジョリーが言った。ディオニは体が真っ二つにされた気分で、起こったことを残らず親友に話したくてたまらなかった。明け方、アルセウが自分に言ったことを全部。けれど言えなかった。

　心のどこかで、アルセウは感情的になりすぎていたのだという希望を抱いていたせいかもしれない。何日かたてば、夫は冷静になるのではという希望を。

　しかし、それ以上の理由もあった。どんなに傷ついていても、これはアルセウと自分だけの秘密にしなければならないとディオニは強く感じていた。友人に助けを求めず、夫の味方でいたかった。

たとえアルセウが望んでいなくても。

「私だって一緒に行きたいわ」ディオニは言った。それから理由をでっちあげるのではなく、両手でおなかをかかえた。一人で残されると考えたら泣き出してしまいそうだった。「でも正直言って、機内で出産する気にはなれないのよ」

出産予定日まではまだ日数があった。

ジョリーはただほほえんだ。その後ディオニに別れの抱擁をしたとき、彼女は身をかがめて親友のおなかにキスをした。「この子に会うのが待ちきれないわ。愛情をたっぷりそそがれて育つんでしょうね」

「一日も欠かさずにね」目に涙を浮かべて、ディオニはうなずいた。

次の瞬間全身がざわめき、顔を上げると、夫がアポストリスと一緒にいた。もちろん、友人夫妻とともに出発するためだ。ディオニの気持ちにはおかまいなしに、別れのときは迫っていた。

友人夫妻といれば醜態をさらさずにすむとアルセウは考えたのだろう、とディオニは思った。

彼が間違っていると証明するために、癇癪《かんしやく》を起こしたい衝動に駆られた。

けれど、彼女はなにもしなかった。

私にだってプライドはあるわ、と自分に言い聞かせた。

しかし本当の理由は、なにをすればいいのか思いつかなかったためだった。本当になにも。夫が自分との間に引いた一線をどうすればいいのか、見当もつかなかった。

ホテル・アンドロメダでアルセウと体を重ねたあとは、すぐになにかしたわけではなかった。せいぜい、知っている中でいちばん悲しい失恋ソングを聴いて心を落ち着かせ、癒やそうとした程度だった。しばらくすると生理がきていないのに気づいて、一週間ほど茫然《ぼうぜん》とした。いいえ、二週間だったかもしれない。

行動を起こしたのは、つわりや体型の変化を心配しはじめてからだった。

だから今も、ディオニは兄に抱きしめられ、いつもの偉そうな助言を聞いていた。兄が愛情からそうしているのは理解していた。「ちゃんと睡眠をとるんだぞ」アポストリスは何度も言った。「それと栄養たっぷりの食事もとること」

「兄さん、私より栄養たっぷりの食事をとってる人を見つけるのはむずかしいと思うわ」

兄が愛情をこめてディオニを見つめた。「おまえがなぜすぐに妊娠を教えてくれなかったかはわかった」声は不機嫌そうだった。だが次の瞬間、兄は笑った。「二度と同じまねはするんじゃないぞ」

「そんな勇気はないわ」胸に感情がこみあげ、ディオニはほほえみながら言った。

アポストリスがジョリーに腕をまわし、城の正面扉に向かって歩きはじめたとき、ディオニは二人を見送りたかった。兄が彼女のこめかみにキスをしようとする姿や、二人が寄り添い合いながら去っていく姿に、友人が言っていた幸せの証拠をさがしたかった。

しかしディオニの頭の中には、これがアルセウと二人きりでいる最後の時間だということしかなかった。きっと彼はなにか言ってくれるに違いない。そのとき私はわかるはずだ——夫が私の言葉を聞いていたこと、つまり私がアルセウを愛していると知ったことが。彼への恋はきっと報われる。

「使用人はすでに僕の指示で動き出している」アルセウが冷ややかに言った。「最高のコテージを用意した。君も気に入ってくれると思う。シチリアの大家族でも暮らせるほどだから、広さはじゅうぶんだろう。子供については医者から僕に知らせる手はずになっている」

心臓が激しく打った。もっと困ったことに、ディオニは目頭が熱くなっていた。けれど泣いたりしたら、アルセウに自分の考えはやはり正しかったと思われてしまう。

「私はあなたに連絡しちゃいけないの？」彼女は質問した。「だから、子供の話はお医者さまから聞くことにしたの？」

もし一歩引いてこの瞬間を他人事《ひとごと》として観察できたなら、アルセウが自分の心を石に変えるようすにディオニも感嘆できていたかもしれない。

「君が僕に連絡する理由はない」

「あなたがオペラみたいな仰々しい展開が好きな家系の出なのは知ってるけど、これはちょっとやりすぎじゃないかしら？」

そしてディオニは祈った。どうか自分の声を穏やかにやさしくするためにどれほどの努力をしているか、夫には気づかれていませんように。

「僕は本気だ、ディオニ」アルセウは〝カムリア〟という言葉を使わなかった。あの侮辱の言葉を、ディオニは想像できる限りいちばん甘い愛する人への呼びかけだと思うようになっていた。「二度と誘惑に負けたりしない」

彼が背を向けたとき、ディオニは叫ぶこともできた。もしかしてそうしていれば城は崩れ落ちていたかもしれない。叫び声をあげたい衝動には駆られていた。だから、黙っていられる強さがどこからきているのかわからなかった。

夫が視線をそらすまで、じっと見つめつづけられた強さが。

毅然《きぜん》とそこに立って、アルセウがまさにこの瞬間、妻と子を捨てるのを眺める勇気が。

そして、アルセウは本当にディオニとおなかの子を捨てた。

その場に取り残されたディオニは、正面扉の横の壁にしがみついた。ひどいめまいに襲われて、世界がぐるぐるとまわっている気がした。

永遠にも等しい時間が流れたあと、彼女はふたたび蔵書室にこもろうとぼんやり考え、城の奥をめざして歩きはじめた。

しかし、コンチェッタに行く手をはばまれた。

家政婦が申し訳なさそうに言った。「一緒においでください。コテージにご案内しますから」

もう一度、ディオニは闘ってもよかった。でも、そんなことをしてなんになるというのだろう？

闘う代わりに彼女は前庭に出て城門をくぐり、岩の多い場所を城壁に沿って歩いた。その間、義母の意地の悪い笑い声がそよ風に乗って聞こえていた。

コンチェッタがディオニを連れていったのは、複数あるコテージの一つだった。そこはほかのコテージよりも離れたところにあり、周囲には木々が生い茂っていた。庭のようなものも見えるが、かなりの期間放置されていた感じだ。

私もああなるのね、とディオニは思った。

コテージの中では、使用人たちがあちこち忙しそうに動きまわっていた。けれどディオニは、彼らがなにをしているのかよくわからなかった。まだすべてを現実とは思えずにいた。

ひょっとしたら、夢であってほしいと願っていたからなのかもしれない。

白昼夢の中にいるみたいな状態からようやく我に返ったとき、ディオニは途方もなくおなかがすいているのに気づいた。それにまたしても一人で取り残されていた。

コテージは明るく、すばらしく、本や芸術品であふれ、どこを見ても陽気な気分になることを目的としているのがわかった。けれど、ディオニはもう一度叫び声をあげたい衝動に駆られた。どれくらい大声をあげれば、城を粉々にして小石の山に変えられるかしら？　暗い歴史を持つヴァッカロ家を丘から吹き飛ばせるかしら？

ところが彼女は叫ばなかった。

これまでずっともの静かにおとなしく生きてきたのに、なぜ悪名高い父親スピロス・アドリアナキスにならって騒動を起こそうとするの？　父親に対抗意識を燃やしてどうするの？

気づくとディオニはコテージの居間に立ち、両手を前で組んで顔になんとも言えない笑みを浮かべていた。もの静かにおとなしく生きてきた昔を思い出したせいだろうか。

ニューヨークで暮らしはじめたころも思い出した。彼女は到着するなり使用人を全員解雇し、一人になったタウンハウスでこれからは自立した生活を送ると宣言したのだった。

それなら、もう一度一人になれたと思えばいい。

とはいえ、当時のディオニは妊娠した事実を受け入れようとしていた。そしてアルセウに対して夢や希望を抱き、妄想をふくらませていた。復讐《ふくしゅう》しようとか、彼が謝ったら受け入れてあげようとか、実現するわけもないつまらない未来を何千通りも思い描いていた。

でも、私にはまだこの子がいる。

ディオニはアルセウに言われたことを残らず思い出した。彼が使った言葉、表情、去っていったときの冷酷なよそよそしさを。そのすべてを、彼女はありのまま受け取るべきだった。

しかし、実際にはこう考えていた。アルセウはとんでもない嘘《うそ》つきだと。二人でベッドにいた時間がそう教えてくれていた。

あんなに低くうなるように私の名前を口にしていた人が、どうして急に態度を変えたの？

それに彼に抱きしめられていると、私は空を飛んでいる気持ちになれた。

間違いない、アルセウは嘘をついている。彼に自覚があるかどうかは知らない。たぶん、私を守ろうとしているのだろう。でも、彼が本当に守っているのは自分以外ありえない。

誰かに守られることにほとほとうんざりしていたディオニは、初めて悲鳴に近い声をあげた。

壁に飾られている絵画はがたがたと揺れたりしなかったが、気持ちがよかったので、もう一度同じことをした。

今まで私は家族や他人の侮辱や無視や無関心を意に介さず、いつも朗らかにふるまってきた。幼いころは父親のじゃまにならないように気をつけ、母親に関する宿泊客たちのわずらわしい言葉に耐えていた。けれどそれは、そうしなくてはいけないと思われていたから努力していただけだ。

兄のアポストリスは精いっぱい私を守ってくれたと思う。それでも妹を救えるほどの力はなかった。

「兄さんは自分のことも救えていなかったんだもの」ディオニは声に出して言った。

だからジョリーを必要としたのだ。

ディオニは幸せだと信じていた自分の人生について事細かく思い出していった。たしかに悪い人生とは言えなかった。美しいホテルに住んで経営を手伝い、スタッフが不足しているときには手を貸すこともあった。村へ行ってボランティア活動をしたり、夏には食堂《タベルナ》でダンスをしたり、気が向けば海で泳いだりもした。

好きなだけ本も読め、親友のジョリーもいて、兄のアポストリスも電話をかけてきては近況をきいてくれた。ホテル・アンドロメダはつねに予約でいっぱいで、宿泊客の中にはとても興味深い人たちもいた。ディオニはそういう人たちと礼儀正しく会話をしたり笑い合ったり、長い散歩をして星を眺めたりして豊かと言える人生を送ってきたと思っていた。けれどこの数カ月、愛する男性とシチリアで過ごした時間とは比べ物にならなかった。

もっと幸せになれると知らずに暮らしていくのも、たとえすばらしい人生だとしても演技をしながら生きていかなくてはいけないのも、一つの生き方かもしれない。けれど、それを生きていると実感しているとは言えない。

ディオニは今、その違いを悟った。

　息子に蹴られた場所を手でさすりながら、自分の父親について考えた。まだ顔を見てもいない我が子に抱く愛情は、父親が娘に抱いていた愛情をはるかにしのいでいた。スピロス・アドリアナキスは子供を望んでいたわけではなかった。望んだのはホテルを継がせる跡継ぎだったから、娘の私はどうでもよかったのだ。ばかみたいにまわりをうろうろしているだけの、宝石とは呼んでも大切だとはみじんも思っていない存在だったのだ。

　兄のアポストリスについても考えた。ジョリーは本当に兄にぴったりな女性だ。彼女は兄に言い返すのを恐れないし、遠慮もしない。新聞に一緒に載った女性たちがしていたように、兄の長所をなにも考えずに受け入れもしなかった。

　妹の私も、まさか兄の長所が短所になることがあるとは思わなかった。

　つい先日も泣いたのに、ディオニはまたしても泣き出した。

　ずっと一人でいても、今みたいな気持ちになったのは初めてだった。

　ディオニはそれからも泣き、疲れはてるまで泣きつづけた。キッチンに駆けこんでおなかをいっぱいにしてからも、さらに号泣した。そして新しい居間のソファの一つで眠りに落ち、夜中に目を覚ました。月が部屋の隅々まで明るく照らしていて、自分の心の中にもその光が差しこんでいる気がした。

ソファに横になっていたディオニは、目が腫れているのがわかった。ほんの少し気分がすぐれず、全身から水分が失われているような感覚があったが、同時になにかに満たされていた。

ディオニは息を吸い、もう一度同じことをした。全身には銀色の月光がやさしく降りそそいでいた。それから小さなキッチンへ行き、水をたくさん飲んで、赤ん坊のために食べ物をちょっと口にした。そのあとはソファに戻って、朝まで眠った。

ふたたび目覚めたとき、ディオニは激怒していた。その感情は彼女を支配していたけれど、頭の中は靄《もや》がかかるどころかどこまでも澄み渡っていた。ナイフの刃のように鋭い洞察力も働かせることができた。

コテージ内を歩きまわって、ディオニは自分の荷物が置いてある部屋を見つけた。それから時間をかけてシャワーを浴び、さらに時間をかけて着替えた。そうしたのち、あれこれと準備を始めた。

何度も電話をかけ、コンチェッタと心を通わせる努力もした。午後になるころ、すべては終わった。

ディオニは城門の中へ入っていき、慣れ親しんできた大切な香りを吸いこんだ。花や木、燦々《さんさん》と輝く太陽、豊かな大地の香りを。そして丘の下と、海を眺めた。空では鳥が何羽もゆったりと旋回している。ある鳥は仲間に呼びかけ、ある鳥はたださえずっていた。

城門の近くに立った彼女は、呼んだ車がやってくるのを待った。マルチェラが姿を現しても驚きはしなかった。

「逃げ出すのね？」年上の女性が喉を鳴らすように言った。「私、警告はしたはずよ」

「あれが警告だったんですか、マルチェラ？」ディオニはきいた。「変ですね。私には熱に浮かされた予言にしか聞こえなかったですけど」

義母はその言葉を無視した。

「これは始まりなのよ」マルチェラの口調は勝ち誇っていた。「もしかしたらアルセウはあなたを追いかけてくるかもしれない。男性にはそういう習性があるもの。あなたはそれをあなたを心配しての行動だと思うんでしょうけど、いつまでも自分をそんなふうにごまかしてはいられないわよ。ヴァッカロ家の血がそうさせているだけなんだから」

「彼は自分の血を毒だと思っているんです、マルチェラ」ディオニは指摘した。「それで、私にこういう態度をとっているんじゃないでしょうか」

マルチェラが悦に入った笑みを浮かべた。「子供が生まれれば、あなたにも真実がわかるんじゃないかしら。最初のうちはあの子の気性の激しさに涙するでしょうね。それでも時がたつにつれて、その気性の激しさを恋いこがれるようになり、取り戻したいと願うようになるの。そのころには手に入れられるのが無関心のみになっているせいで」彼女が近づいてきたので、ディオニは義母が盾のように身につけている香水の香りをかぎ、首筋にかすかなしわがあるのに気づいた。「あなたはあの子の気を引くためにできることをする。否定的でも肯定的でも注目されるならかまわない。ヴァッカロ家の男たちは麻薬と同じなの。自分をだめにするとわかっていても、関係を断つことはできない。あの子が死んでも、あなたは息子の姓と闘うはめになるわ。そのときは墓の下のあの子を悩ませるほどヴァッカロの姓を汚してちょうだい」

「マルチェラ……」

年上の女性が笑った。「これは始まりなのよ、おばかさん。私にはわかる。私もかつてあなたと同じだったから。賽《さい》は投げられたってわけ」

ディオニは義母をまじまじと見つめた。マルチェラの中に、かつてはかわいらしく将来に希望を持っていた少女の面影をさがす。その少女はジュゼッペ・ヴァッカロではない男性を選んでいれば救われていたのかもしれない。

　自分が義母のクローンになる姿なら想像できた。そうなるのはとても簡単に思えた。アルセウとの闘いで自身が永遠に変わってしまうと想像しても、心がなぐさめられただけだった。夫が生きていてもいなくても関係なかった。

　なぜなら、そのほうが今のままでいるよりも気分がよかったからだ。

　今回、ディオニは笑わなかった。そうする代わりに義母に近づいて手を握った。マルチェラがショックを受けて後ずさりをしても気にしなかった。

「あなたにはもうすぐ孫ができます」まっすぐ義母を見つめ、真剣に言った。「その子は自分が生まれる前のあなたのふるまいなんて気にしないでしょう。求めるのはお祖母《ばあ》ちゃんのあなただから、あなたの噂《うわさ》話にも耳を貸さず、誰になにを言われても否定するはずです。孫を愛するあなたのために」義母が息をのんだのは話を聞いている証拠だろう。ディオニはさらにマルチェラの手を握りしめた。「そうなるかどうかはあなたしだいです。私はあなたがいいお祖母ちゃんになってくれたらと願っています。あなたならそういう人になれると思うから」

「な……なんて甘い考えかしら」年上の女性は口ごもった。だが義理の娘から離れようとはしなかった。

「それに私には母親が必要です」視線をそらさず、ディオニは続けた。「私には母親がいませんでした。私は子育てについてなにも知らないけれど、あなたは知っている。幽霊みたいに急に姿を現したり、夕食の席で不吉な警告をしたり、朝食の前からイブニングドレスを着たりする人を母親に持つわりには、あなたの息子は立派な男性ですよ。もしあなたが私を助けてくれたらどうなるか、想像してみてください」

一瞬、マルチェラが打ちのめされた表情をした。しかしさっと目をそむけ、美しい顔に仮面をつける。

「私は誰よりも母性に欠けた女よ」声は震えていた。「誰でもいいからきいてみるといいわ」

「誰がどう思っていてもかまいません。気になるのは二つだけ――あなたの息子があなたをどう思うか、そして私の息子があなたをどう思うかです。すべてはあなたしだいです、マルチェラ」

義母が青ざめた顔で後ずさりをし、荒い息を吐いた。「逃げ出すならなんとでも言えるわ。悪循環を断ち切ろうとしているみたいだけど、あなたは悪循環を続けようとしているだけよ」

「どこにも逃げるつもりはありません」ディオニは静かにきっぱりと告げた。「するのは正反対のことです」車が来ると、彼女は年配の女性に一礼してから中に乗りこんだ。

後部座席には主治医がいた。「一般的には妊婦が飛行機に乗っても大丈夫だと考えられていますが、用心するに越したことはありませんよ」

「すばらしいわ」ディオニは言い、座席に腰を下ろして計画を進めるために必要な次の行動を考えた。今回は動き出すのに時間がかからなかった自分を誇りに思っていた。

数時間後、ウィーンに降りたったとき、機内で身支度を整えた彼女はさっそく次の行動に移った。車でめざしたのは旧市街の中心地にある、美術館に改築された古い大邸宅だった。そこの階段をのぼるときも、ひたすら決意に駆りたてられていた。建物の印象などどうでもよかった。

ここへ来る原因となった男性に、私は会わなくてはならない。

ロビーにいたスタッフたちに、ディオニはまぶしい笑みを向けて自分が誰なのかを告げた。彼らがディオニの大きなおなかを見て驚き、彼女のために道を空ける。

ディオニはきらびやかな明かりと弦楽四重奏による音楽に誘われるまま、美術館の奥へと歩を進めた。目の前で行われていたのは、格調高い華やかな慈善舞踏会だった。彼女はここにいる顔ぶれに見覚えがあった。花嫁学校《フィニシング・スクール》の同級生たち。社交界の名士や著名人。それに新聞には載らない真の権力者たち。

けれど、彼女はそういう人々にかまっていられなかった。さがしていたのは部屋の隅にいる少数の人々の集まりだった。そこで大事なのは、友好的な会話を交えることで商談ではないかのように見せかける技術だ。あからさまな交渉は無礼とみなされるからだ。

そして彼らは、ディオニのことも無礼だと考えていた。

彼女はまとめていた髪が崩れ出し、歩くたびにドレスの裾の縫い目がほつれていくのを感じた。急ぎ足になりすぎないように気をつけなければ、不格好につんのめってしまうのは確実だった。

そうなったとしても誰も驚かないだろうけれど。

ディオニは自分が上品さに欠けているときのほうが安心できた。少なくとも、今夜は絶望していなかった。

これが癇癪だというなら喜んで身を任せよう、と思った。

ディオニは舞踏室をどんどん進んでいった。驚いている見知った顔には会釈をした。大きなおなかをしていても遠慮なく足を動かしていると、人々がじゃまにならないようにそそくさと左右に分かれていき、愉快な気分になった。

部屋の隅の人々が近くなったとき、ジョリーが顔を上げてほほえんだ。というのも今夜の居場所をきかれないうちから伝え、ディオニをここへ導いたのは彼女だったからだ。

そして現れたディオニをとめに入れないように、今は夫の腕にしっかりつかまっていた。

「こんばんは」ディオニは人々の輪の中に加わって朗らかに声をかけた。夫に近づいて腕を彼の腕にからめる。「遅くなってごめんなさい」彼女はアルセウが硬直するのを感じた。夫の驚きに満ちた視線が横顔に向けられているのもわかった。

ディオニは人々にほほえみかけた。そこには別の億万長者と、両親から莫大《ばくだい》な財産を相続すると決まっているその妻、そしてそれほど高位ではない貴族たちがいた。さらに大きくほほえんで口を開く。

「みなさんにお会いできて光栄ですわ。私はディオニ・ヴァッカロ。アルセウの秘密の妻です」

## 11

アルセウは茫然《ぼうぜん》自失の状態にあった。

彼はアポストリスが得意としている、カクテルを飲みながらの退屈な会話に加わるふりをしながら、ディオニのことを考えていた。

おとといの夜、目を覚ましたディオニが憧れをこめたまなざしをこちらに向けたこと。口の中に妻のキスの味が残っている気がすること。もう百回はディオニの笑い声を聞き、自分が好んで使っている石《せっ》鹸《けん》と彼女の化粧水の香りをかいだような錯覚にとらわれ、興奮をかきたてられていることなどを。

アポストリスが何度も眉を上げ、笑えと合図していた。そこでアルセウは親友に従おうとした。

より正確に言うなら、ほほえもうと努力してみたのだ。

ディオニは彼のすぐそばにいた。妻を見るだけでも心が弱くなってしまうというのに、彼女はこちらに触れていた。

しかし笑みを浮かべながらも、ディオニの茶色の瞳には鋼鉄の意志が秘められていた。

アルセウはこの場でディオニを抱きあげ、外に連れ出したかった。手で、口で彼女に触れたかった。どこでもいいから平らな場所に妻を横たえ、二人でため息をつき合いたかった。

周囲にいる礼儀作法に厳しい人々や義兄が許さないだろうことを、数えきれないくらいしたかった。

「ここでなにをしているんだ？」アルセウがディオニをにらむしかできなかったとき、アポストリスが妹に尋ねた。「そんな体で飛行機に乗ってよかったのか？」

「いいわけないだろう」アルセウが暗い声で言った。

「だから、お医者さまに同行を頼んだの」ディオニがほかの人々にほほえみながら軽い口調で答えた。

「彼女はもう子供じゃないのよ」ジョリーも口を挟んだ。

ディオニが笑い、アルセウはかっとなった。我慢ならなかった。自分の中にあるこの漆黒の波に似た本能的ななにかが、腹の底から恐ろしい勢いでわきあがってくるなにかがまったく理解できなかった。

この瞬間、できる反応は一つしかなかった。この退屈な慈善舞踏会に出席したのは、アポストリスに強引に誘われたからだった。友人は傍若無人なギリシア富豪を演じては、社交の場で不愉快な目にあっている人々を救ってまわるのが好きなのだ。来たくて来たわけではないから、呼吸をするたびに自分を悩ませる女性がそばにいるせいで欲望に駆られたのも無理はない。生身の人間なら当然だ。

そうなりたくなくてディオニをシチリアに置き去りにし、城ではなくコテージに隔離したのではないか?

「失礼する」アルセウは少し不機嫌な声で断ると、アポストリスの結婚式の日のようにディオニの腕を取り、人々から引き離そうとした。アポストリスがまた殴りかかってきそうな顔をしていても、気にしなかった。

「二人はまだ新婚なんですもの」ジョリーがそう言って、ほかの人たちの笑いを誘うような笑い方をした。「ロマンティックだと思いません?」

アルセウはその言葉を正しいとは思わなかった。しかし不思議な感覚にとらわれた自分を受け入れられず、妻を混雑したダンスフロアの真ん中へ引っぱっていった。

さまざまな弦楽器が奏でる旋律が心にしみ入ってくる。踊っているのは正装したカップルたちだ。ティアラをつけた女性もいれば、高級宝飾ブランドのネックレスをした女性もいるようだった。

だが、アルセウにとってはどれもどうでもよかった。

興味があるのはディオニ一人だった。

彼は妻を引きよせてにらみつけた。僕は彼女にキスをしたいのだろうか? それともキスをしてから、いったいなにをしようとしているのか問いつめたいのだろうか?

「もう一度きく」キスをしないでいるのがつらくてたまらなかったが、アルセウは口を開いた。「君の兄に返すつもりだった答えより、もっといいものを頼む。いったいここでなにをしているんだ、カムリア?」

ディオニをそんなふうに呼ぶつもりはなかった。二度とその言葉は使うまいと決めていた。だが好むと好まざるとにかかわらず、口から転がり出ていた。

「アルセウ、あなたが私に言ったことをよく考えてみたの」ディオニがほほえんで答えた。「そしたらすぐに気づいたのよ。あなたはばかだって」

そしてまた甘い笑みを浮かべた。

その表情があまりに魅力的で、アルセウは妻の口にした言葉を理解するのに時間がかかった。「今、なんと言った？」

ディオニの顔からほほえみが消え、彼は自己嫌悪に陥った。僕のせいで妻は太陽みたいな笑顔でなくなったのだ。

それでも、強い決意を秘めた彼女の目はアルセウを見つめつづけていた。「アルセウ、駆け引きをするつもりはないの。今日あなたのお母さんにも言ったけど、あなたも自分がどういう人間になりたいのか決めるときがきたのよ」

「母に……なにを言ったんだ？」

ディオニは辛抱強く夫を見ていた。そのまなざしはやさしく、アルセウは胸が痛くなった。まとめている髪が崩れ、マニキュアがはげかけていても、彼女は気にもしていないように思えた。

大事なのはアルセウを見つめることだけで、あれだけいろいろあっても彼を信じているかのように。

「あなたは自分の父親みたいになりたいと思ってるの？」ディオニがそっと尋ねた。「それとも、息子を愛する本物の父親になりたいの？　我が子の人生の障害になりたい？　そうじゃなくて、全身全霊で愛してあげて決められた運命にあらがいたいと思ってる？」

「君がなにを言っているのかわからない」

ディオニがアルセウの手を振りほどき、力強く身を乗り出した。それから彼の胸の真ん中を指で突いた。周囲の視線に気づいているのか、関心がないのかはわからない。人で混雑したダンスフロアの真ん中で急に立ちつくしたせいで、アルセウとともに注目を集めているのに。

アルセウは人々の目を気にするべきだと思った。非の打ちどころのない人間でいることに生涯を捧《ささ》げてきたのだから当然だったが、今はどうでもよかった。

気にするのはあとでもいい。

熱意にあふれる表情でディオニが僕を見つめているのだから。

「あなたには答えがわからないでしょうね」口調は激しかった。「なぜなら、あなたの行動のもとになっているのは恐怖なんだもの」アルセウは声をもらしたに違いない。彼女がさらに身を乗り出そうとしたが、大きなおなかがじゃまをしてできなかった。

「でもそんな行動ならしてほしくないわ、アルセウ。あなたも望んでしてるとは思わない」

「ディオニ――」

「私はあなたに恋をしてる」ディオニが淡々と事実を述べるように言った。「ずっと前から好きだったわ。長い間守ってきた純潔を私が気まぐれから捨てたんだと、本気で思ってたの？　私をそんな薄っぺらな女だと考えてたの？」

すべての言葉が痛かった。アルセウは口から無理やり言葉を押し出さなければならなかった。自分の意思とは違う言葉がこぼれてきそうなのが恐ろしかった。「深く考えたことはなかったよ」

ディオニがまたアルセウの胸を指で突いた。「そんなの嘘《うそ》よ。あなたが厳しいことを言うたび、私はあなたのお父さんがしゃべってると思ってた」彼は石になったような気がしたが、言葉はまだ続いていた。「あなたはそう言うことで状況がよくなると考えてた。でも、朝から正装をして城を歩きまわるあなたのお母さんと同類でしかないわ」

その言葉を聞いて彼はかっとなった。感情的になった自分がいやだった。

そんな夫に気づいたのか、ディオニが体を押しつけ、彼の腕をつかんだ。

アルセウは思った。妻はわかっているのだろうか？　相手が彼女だから、僕はここから動けないのだと。

「なぜ君が理解できないのか、僕には見当もつかない」アルセウは低い声で言った。「僕は君を救おうとしているんだ、ディオニ。君は母の話を持ち出したが、あの姿がなによりの証拠なんだ。母のようになりたいのか？」

「私がお母さんみたいになるとどうして思ったの？」ディオニが彼を見てかぶりを振った。「よくも私を破滅させられると思ったわね。私を救おうですって？　私は自分で自分を救えるし、必要があったときはそうしてきたわ」

「君はわかっていないんだ――」

「私はあなたに高潔であってほしいなんて思ってない」ディオニが言った。決意はまだ顔じゅうにみなぎっていたけれど、もう口調はそれほど激しくなかった。それでも、目に浮かぶ強い意志はそのままだった。「アルセウ、私があなたに求めてるのはそんなことじゃない。私があなたに求めてるのは、あなたから欲しいのは、もっと単純ななにかなの」

「ディオニ、カムリア」アルセウはすっかり狼狽《ろうばい》していた。足元にある大理石の床がとけているような錯覚に陥っていた。固い地面がなくなってしまったどころか、どこからともなく現れて自分の世界を破壊したこの女性以外にはなにも存在していない気がする。「君が相手だと、どんなことも単純にはいかないんだ」

「それはあなたが私に恋をしてるからだわ」彼女が告げた。その顔に笑みはなかったものの、瞳には彼が切望していた太陽を思わせる輝きが戻っていた。

「くるおしいほど激しく、どうしようもなく私に恋してるのよ。もしあなたが強く握りしめているものを手放したらって想像したことはない？　たしかに、ヴァッカロ家にとっては最悪の事態になるかもしれないわ」口角が上がる。「でも、あなたは本当の意味で幸せになれるかもしれない」

　アルセウはまたしても胸の奥から荒々しい漆黒の波が押しよせるのを感じた。名前をつけたくないあまりにも多くのものが、彼をもみくちゃにする。アルセウはいつも安全だと思っていた場所から引き離され、大海原に放り出された気分だった。

　そこに彼を助ける者は一人もいなかった。

　ただディオニだけは手を上げてアルセウの頬を包みこんだ。「死ぬよりもひどいことだと、あなたは思っているのね」

「僕が君に恋をしていたらどうだというんだ？」彼はうわずった声でなんとか尋ねた。僕の体は炎に焼かれていないか？「君にとって、これ以上の呪いはないとわかっているのか？」

　するとディオニが笑い出した。

　太陽が輝く青い空。鳥のさえずりと深緑の森。彼女の声はそういうものを連想させた。

　そういうものを見たときの気持ちにさせた。

　少年のころは丘を駆けおりるのが大好きだった。速く走れるだけでいきいきとした喜びを感じた。そんなことができる自分が誇らしかったものだ。

　当時は幼すぎてヴァッカロ家についてなにも知らなかった。知っていたのは丘と城、海までの長時間のドライブくらいだった。

　そして肺が破裂しそうになるまで走り、そんな自分がおかしくて、笑ってからまた走ること。

　ディオニの笑い声を聞いて、アルセウはそんな自分を思い出していた。また走りたくなり、踊りたくなった。息を吐ききってから、彼女の香りだけで肺を満たしたくなった。

ディオニがいればそれでいい。

　笑うのをやめたディオニが目をふいた。化粧がだいなしだが、やはり気づいていないようだ。

「あなたが私に恋をしてたら、二人で一緒に呪われなければならないでしょうね」息を整えながら彼女が答えた。アルセウは親指で妻の片方の目の下、そしてもう一方の目の下をぬぐった。「あなたのお母さんの不吉な予言とヴァッカロ家の毒をまるごと引き受けて生きていけばいいわ。アルセウ、どうすればいいかなんてわからなくていいの。私だってわからないわ。私たちがしなければならないのは、とにかく挑戦してみることなのよ」

「だが、人間関係にはよい手本が必要だ。僕にはそれがないんだよ。君だって同じだろう？　そんな二人では大失敗するのは目に見えている」

「二人で決めていけばいいわ」アルセウを見つめながら、ディオニが確信を持っておごそかに言った。「これからはそうしましょうよ。なにがあったとしても私たちで解決すると決めるの。逃げたりせずに。誘惑に負けないために大騒ぎをしたりせずに。見当違いの高潔さとか、退屈なお説教とか、哀れみとかももういらない。あなたも私もそういうものとは決別しないと」

　アルセウはため息をついた。まだ周囲に人がいるのはわかっていた。自分たちがまだ舞踏室にいることも、アポストリスとジョリーが近くにいることも。しかしディオニがこうして僕に話しかけているのに、どうして気にしていられるだろう？　彼女の語り口はまるでどういう結末になるのかわかっていたかのようだ。

「楽観的だな」彼は言った。その声が相変わらず不機嫌すぎたのは、自分の望むものを手に入れるのが恐ろしかったからだろうか？　そんなことをしていいのか？「もし君が間違っていたらどうするんだ？」

「そのときは人間らしい行動をすればいいわ」ディオニが前よりもかすれた声で答えた。「挑戦して、ベストを尽くして、もしそれが間違っていたとしたら、また最初からやり直すの。私が村に行ってなにをしてたか知ってる？」

「釣りでも始めたんじゃないのか」

彼女がほほえんだ。けれど目は違うと訴えていて、アルセウは全身で緊張した。

「私、グラツィアの家族を見つけたの」ディオニが静かに言った。「グラツィアのお父さんとお母さんはまだ村にいたわ。たくさんの兄弟や姉妹、いとこたちも。でも、いちばん話をしたのは彼女のご両親だった」

もし彼女が爆弾を爆発させていても、あるいは夫の顔を平手打ちしたとしても、アルセウはこれ以上のショックを受けたとは思わなかった。そしてふたたび動揺した。その感覚にうんざりしていた。「僕の心の傷に指を突っこむのはやめてくれ」彼はどうにか言った。

「悪く取らないで、アルセウ」ディオニがやさしく訴えた。「ご両親はあなたのお父さんがどういう人なのかよく知っていた。あなたがどういう人なのか、私がよく知っていたみたいにね。それに、ご両親は娘のグラツィアについてもよく知っていた」

「それ以上は……」彼は口を開いた。

「二人は誰を責めるべきかわかっていたわ」ディオニがひと息に言った。「そして失われたものに悲しみと嘆きを抱いていた。もったいない、とグラツィアのお母さんは言ってた。なぜあれからずいぶん時間がたったのに、暗い未来ばかり思い描くの？　お父さんが犯した罪のために、どうしてあなたが苦しまなければならないの？　アルセウ、最高の復讐《ふくしゅう》とは幸せになることだわ。シチリアでもそれは変わらないはずよ」

アルセウは自分たちのまわりでダンスが続いているのを感じた。まるでこの舞踏室の真ん中に新たな柱ができたように、二人は立ちつくしていたが。

彼はまだ大海原に放り出されたまま、岸がどこにあるのか、どうやって泳いでいけばいいのかまったくわからないありさまだった。

しかしディオニは教えてくれた。顔を上げれば星が見えると。

僕にとっての星とは彼女だ。だから、彼は妻を見つめた。

そしてディオニの手を握り、頭を低くして唇を重ねた。

キスには憧れと切望、驚きと希望、恐怖と欲望がこもっていた。

「僕は君を失望させるだろうな」キスの合間にアルセウは言った。

けれど、ディオニはほほえんだだけだった。「私もあなたをがっかりさせてあげる。そうしたら二人で笑いましょうよ。たぶん私たちは喧嘩《けんか》もするでしょうけど、解決できる方法を見つけられると思うわ。あなたは私を泣かせるでしょうし、私もあなたの心を傷つけると思う。それでも時間がたてば、そういうこともなくなっていくんじゃないかしら。私たちはお互いの話に耳を傾けて学んでいくんだから——愛することを」

「どうしてそう言いきれる？」

「本をたくさん読んだもの」ディオニが目を輝かせて答えた。

「僕が君のお父さんを知っているのを忘れているんじゃないのか？　なぜそう言える？」

「だって」彼女がアルセウだけに聞こえるように小声で言った。「母は私を命がけで産んでくれたわ。命という貴重な贈り物をもらったから、誰かと分かち合いたいのよ。アルセウ、私たちなら命を無駄にしないわよね。二人で人生を楽しみましょう。なにがあっても」

「なにがあっても」アルセウは同意する自分の声を聞いた。

それから何度も何度も妻にキスをした。音楽がやむとキスをやめ、ディオニを両腕で抱きかかえた。そして誰が見ているかもしれないなどとは少しも考えず、彼女を連れ去った。

めざすのはハッピーエンドしかありえなかった。ディオニが二人なら幸せになれると確信しているのだから。

## 12

父親と同じく、トリス・ヴァッカロも自分が生まれたい日に生まれてきた。最初から赤ん坊は自分の意思を曲げない子だった。

ディオニはたちまち息子に夢中になった。しかし、アルセウのほうが彼女よりもっと夢中だった。

彼にはトリスが必要だった。息子の誕生は父親の心の扉を大きく開け放ってくれた。

「僕はこの子を愛している」アルセウが言った。夫婦はベッドに横になり、二人の間には赤ん坊がいた。新しい命への畏敬の念を顔に浮かべながら、彼は妻を見ていた。「それにディオニ、僕の厄介者《カムリア・ミア》、君のことも愛してるよ」

ディオニは笑い、夫にキスをした。「わかってるわ、救いがたいダーリン。いつだってね」

アルセウが人間らしさを取り戻してから、不可能だと思われていたことはすべて実現していた。

マルチェラはひと晩でクッキーを焼いたりする白髪の祖母になったわけではなかった。しかし、彼女も孫に夢中だった。

トリスが一歳半になったとき、毎夜の習慣である家族での散歩に出かけながらアルセウが言った。

「母さんは孫をかわいがることで自分を癒やしているのかもしれないな」

「そうだったらいいなと思うわ」ディオニはうれしそうに応じた。マルチェラはどこへ行くにも自分で歩きたがる、頑固な男の子と一緒に夫婦の前にいた。相変わらず場に合わない服装をしているが、最近は少し控えめになっていた。

「そのとおりよ」マルチェラが喉を鳴らすような声で言った。肩越しに振り返り、整えられた眉を上げる。「ヴァッカロ家の者はつねに被害を最小限に抑える方法を知っていなくては」

「白状すると、僕はそんな方法を知らない」アルセウが妻の耳元に口を寄せてささやいた。「君を愛していられればそれでいい」

「その言葉を聞けてうれしいわ」ディオニは顔を上げて彼を見つめた。「私もあなたを愛してる」

そのころ、二人にはもう一人赤ん坊が生まれていた。

ディオニとアルセウは丘を下りて村で過ごすことが多くなった。おかげでグラツィアの家族とも過ごすことができた。時間はグラツィアの人生とは違って進みつづけていた。グラツィアの両親はアルセウを快く迎え入れ、彼が父親のようなふるまいをしないのを知って喜んだ。

〝君なら未来を変えられる、と私たちはずっと思っていた〞ある日、グラツィアの父親がアルセウに言った。〝いいことだよ。ヴァッカロ家で変われる者がいるとしたらそれは君しかいないと、今もみんなに言っているんだ〞

〝僕がグラツィアに最初にした約束だったんです〞アルセウはかすれた声で老人に言った。〝だから、彼女は僕と話をしてくれるようになったんですよ〞

〝あの子は母親そっくりだったんだ〞父親が目をうるませた。〝頑固なところもね〞

そのときの会話でアルセウは城をどうするか決断したのだろう、とディオニは思った。彼は城を壊さず、燃やしもしなかった。

その代わりグラツィアとの約束を守り、孤独を求める人々のための保養所のようなところにした。気持ちを落ち着け、新たな人生のスタートを切れるようなところに。

そこはホテルではなかったが、アポストリスはアルセウと妹を訪ねてくるたびに大笑いした。家族が有名なホテルを二つも持っているなんてと。

アポストリスが今では義弟となった親友を殴る機会は一度もなかった。

おそらく、城が生まれ変わったからだろう。そこは静寂と海と空に身をゆだね、自分を取り戻す場所だと理解していたのだ。

子供が少し大きくなると、ディオニとアルセウは家政婦のコンチェッタを連れて、かつて彼女がひと晩だけ過ごした城の外のコテージへ引っ越した。そして楽しい時間を過ごしたり、ダンスを習ったり、笑いながら庭で小さな子供たちを追いかけまわしたりした。

「僕のいとしいカムリア」ある夜、アルセウが寝室で妻に向かって呼びかけた。どうして子供たちの年齢が一歳しか離れていないのかを思い出したらしい。

「君は驚くほど妊娠しやすいんだな」

「妊娠している私を嫌いなふりはしないでね」ディオニはささやいた。アルセウが彼女におおいかぶさり、手を動かしたいところに動かした。

「君を嫌いだったことなど一度もない」彼がそう言い、妻の首筋を歯でかすめた。「おなかが大きいときの君も大好きだ」

　多くの女性とは違って、ディオニは妊娠している自分も好きだった。たぶん妊娠したことによって、二人がヴァッカロ家の暗い歴史を乗り越えられたからだろう。夫妻がコテージで暮らすようになると、マルチェラも別のコテージに住みはじめ、年を追うごとにイブニングドレスを着る機会も少なくなった。子供たちはおもしろくて愛らしい一方でいらいらさせられることもあったけれど、ヴァッカロ家の悪い影響は受けていなかった。

　ディオニとアルセウと子供たちはアポストリスとジョリー、そして彼らの間に生まれた子供たちとできるだけ多くの時間を過ごした。美しい夕暮れどき、四人はギリシアの島かシチリア島に並んで座り、太陽が海に沈んでいくのを見ながら笑った。子供たちは城とホテル・アンドロメダではどちらがいいところかを言い合った。

　石でできた古い建物や亡くなった人の話題が、ベッドをともにするディオニとアルセウの間に持ち出されることはなかった。

　話すのは子供たちのつぶらな瞳についてだった。笑い声や怒った声、独特で魅力的な個性と、成長するにつれてはっきりしてきた考え方についても語り合った。

　子供たちは楽しくて興味深く、美しかった。腹のたつ日もあったけれど、愉快でたまらない存在だった。

　ディオニとアルセウは自分たちでは手に入れられなかった家族を手に入れていた。だから、二人はその家族を溺愛した。

ときどきアルセウは妻を失望させ、ディオニも夫を失望させた。喧嘩《けんか》もして、心が傷ついたり、涙を流したりした。

しかし泣くより笑うことのほうが多かった。

どなり合うより耳を傾けることのほうが。

二人は毎晩のように互いを求め、何度も助け合った。そしていつまでも相手を愛した。心も体も魂も。

長い長い年月がたち、ディオニとアルセウは手に手を取って城の敷地を歩いていた。一緒に丘を下りる間、膝は痛み、歩みは遅かった。孫たちはアルセウに叱られると〝呪われた！〟と言ってふざけ、白髪になってもディオニが相変わらず不器用で服装がきちんとしていないのを笑った。

なにも変わらないとも、なにもかもが変わったとも言えた。その夜、城ではディオニとアルセウの子供たちとその配偶者たち、それに孫たちがパーティを開いてくれた。

その後二人きりになると、ディオニとアルセウはずっと昔に結婚の誓いを立てた小さな礼拝堂へ向かった。

五十年という歳月は、どう考えてもハッピーエンドにふさわしかった。

「私たち、あとなにを残せるかしら？」古い祭壇の前で抱き合いながら、ディオニはアルセウを見つめて尋ねた。

「大切なのはただ一つだ」アルセウが答えて、憧れと切望、驚きと希望、愛と情熱をこめたキスをした。

幸せは本当に最高の復讐《ふくしゅう》だった。「いつまでも一緒だ、愛するカムリア・ミア。ずっとこのままでいよう」

ハーレクイン®


城主とずぶ濡れのシンデレラ
2025年4月5日発行

著　　者　ケイトリン・クルーズ
訳　　者　岬　一花（みさき　いちか）

発 行 人　鈴木幸辰
発 行 所　株式会社ハーパーコリンズ・ジャパン
東京都千代田区大手町 1-5-1
電話 04-2951-2000（注文）
0570-008091（読者サービス係）

印刷・製本　大日本印刷株式会社
東京都新宿区市谷加賀町 1-1-1





ISBN978-4-596-72596-7 C0297

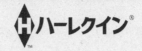

# ◆◆◆◆ ハーレクイン・シリーズ 4月5日刊 発売中

## ハーレクイン・ロマンス

愛の激しさを知る

**放蕩ボスへの秘書の献身愛**
〈大富豪の花嫁にⅠ〉
ミリー・アダムズ／悠木美桜 訳　R-3957

**城主とずぶ濡れのシンデレラ**
〈独身富豪の独占愛Ⅱ〉
ケイトリン・クルーズ／岬　一花 訳　R-3958

**一夜の子のために**
《伝説の名作選》
マヤ・ブレイク／松本果蓮 訳　R-3959

**愛することが怖くて**
《伝説の名作選》
リン・グレアム／西江璃子 訳　R-3960

## ハーレクイン・イマージュ

ピュアな思いに満たされる

**スペイン大富豪の愛の子**
ケイト・ハーディ／神鳥奈穂子 訳　I-2845

**真実は言えない**
《至福の名作選》
レベッカ・ウインターズ／すなみ　翔 訳　I-2846

## ハーレクイン・マスターピース

世界に愛された作家たち
〜永久不滅の銘作コレクション〜

**億万長者の駆け引き**
《キャロル・モーティマー・コレクション》
キャロル・モーティマー／結城玲子 訳　MP-115

## ハーレクイン・ヒストリカル・スペシャル

華やかなりし時代へ誘う

**公爵の手つかずの新妻**
サラ・マロリー／藤倉詩音 訳　PHS-348

**尼僧院から来た花嫁**
デボラ・シモンズ／上木さよ子 訳　PHS-349

## ハーレクイン・プレゼンツ作家シリーズ別冊

魅惑のテーマが光る
極上セレクション

**最後の船旅**
《ハーレクイン・ロマンス・タイムマシン》
アン・ハンプソン／馬渕早苗 訳　PB-406

※予告なく発売日・刊行タイトルが変更になる場合がございます。ご了承ください。